Première édition juin 2021
Dépôt légal juin 2021

71-75 Shelton Street, Covent Garden, Londres, UK.

ISBN 9781801160865

L'Insoumise des Highlands

Le Clan MacLeod - 1

AVA KRÓL

Cherry Publishing

Pour recevoir gratuitement le premier tome de *Sculpt Me*, la saga phénomène de Koko Nhan, et toutes nos parutions, inscrivez-vous à notre Newsletter !

https://mailchi.mp/cherry-publishing/newsletter

Retrouvez-nous sur Instagram :

https://www.instagram.com/ava_krol_ana_scott/

https://www.instagram.com/cherrypublishing/

1

Élisabeth MacDonald laissa errer son regard par-delà la croisée.

Que ne donnerait-elle pas pour chevaucher la campagne comme elle aimait tant le faire, ne serait-ce qu'une heure, plutôt que de rester enfermée dans sa chambre.

C'était pitié, il faisait tellement beau !

Elle se vit en pensée enserrer l'encolure de sa haquenée et lui souffler à l'oreille de l'enlever dans un galop enfiévré. Là, son cœur s'envolait dans sa poitrine ! C'était les seuls moments de son existence où elle se sentait vivante et heureuse. Des moments dont elle avait le plus grand besoin et qu'elle appelait maintenant de tous ses vœux.

Pourquoi son oncle lui avait-il interdit de sortir ?

Il avait parlé d'une visite d'importance, qui cela pouvait-il bien être ?

Elle avait bien entendu des servantes parler dans son dos d'un futur mariage, mais elle ne pouvait les croire, jamais son oncle ne l'obligerait à se marier. Il n'en était pas question ! Elle ne se sentait pas prête ! Elle ne voulait sacrifier sa liberté pour rien au monde et se trouvait bien trop jeune pour convoler même si elle avait passé ses dix-huit printemps il y avait de cela à peine quelques jours.

De plus, elle n'était pas une vulgaire marchandise que l'on pouvait vendre au plus offrant !

Jamais elle n'épouserait un homme qu'elle n'avait pas choisi, ou en tout cas pas avant de s'être assurée que le prétendant ne voyait pas en elle uniquement l'héritière des MacDonald, l'un des clans les plus puissants des Highlands, et n'en voulait pas qu'à sa fortune ; s'il l'aimait pour elle ou pour ce qu'elle pouvait lui apporter. Elle n'en avait jamais véritablement parlé avec son oncle, ils n'avaient pas ce genre de conversation. Oncle Georg était plutôt taciturne, peu prolixe, et secret. Les repas pris ensemble devant l'âtre étaient souvent silencieux et plus elle avançait en âge plus le regard de son oncle la mettait mal à l'aise.

Que manigançait-il ?

Les servantes avaient-elles raison ?

Comptait-il sur un mariage arrangé pour faire une alliance avec un autre clan, étendre son influence, et pour que son héritage ne tombe pas entre les mains d'un clan ennemi ? Celui des MacLeod, par exemple. Souvent, elle priait pour ne jamais croiser la route de l'un d'eux. Surtout lorsqu'elle s'éloignait du domaine. Si son oncle savait qu'elle s'aventurait loin à l'intérieur de leurs terres, il la réprimanderait. Mais il n'était pas souvent là, aussi, pendant ses absences jouissait-elle d'une totale liberté.

Son oncle n'avait pas mauvais fond.

En tout cas, jamais il ne s'était montré méchant ou injustement autoritaire mais depuis quelque temps il semblait tourmenté. Sans doute parce qu'il se sentait vieillir et n'ayant pas d'autre héritier qu'elle-même, il avait peur pour le devenir de son domaine.

Oncle Georg s'était marié à plusieurs reprises.

Il avait répudié de nombreuses femmes, en avait même épousé de très jeunes, mais malgré tous ses efforts il n'avait jamais pu concevoir d'enfant. Sans doute n'en était-il pas capable et le problème venait de lui et non de ses épouses ! La dernière, plus âgée que Lizzie de seulement deux ans, était morte l'hiver précédent d'une vilaine toux et il ne parlait pas de reprendre une épouse, alors qu'Alastair, son homme de main, l'en priait ardemment.

Celui-ci, Lizzie s'en méfait comme de la peste.

Il était mauvais et si elle détestait les regards parfois troublés de son oncle, elle détestait davantage ceux d'Alastair. Dieu seul savait ce qu'il était capable de faire pour son maître et heureusement pour elle, il le suivait dans tous ses déplacements.

Il fallait dire que Lizzie était ce que l'on pouvait appeler une beauté. Aux dires des servantes qui avaient connu ses parents avant qu'ils ne meurent du mal des ardents[1] qui avait décimé presque la totalité de la population du domaine peu de temps après sa naissance, elle possédait les yeux très noirs des MacDonald, et l'abondante chevelure brune de sa mère. Ajoutés à cela une haute silhouette, un port de princesse, une vive intelligence, Lizzie était sans conteste la plus belle fille des Highlands et la plus convoitée. Bon nombre des amis de son oncle rêvaient de la glisser dans leur lit et lui faisaient une cour assidue. Elle s'était rendu compte, très tôt, du désir qu'elle suscitait chez les hommes et avait appris à faire avec, voire à s'en moquer, avant de les envoyer paître. Oncle Georg avait-il décidé de ne plus jamais se marier, de renoncer à avoir des héritiers mâles et à mettre tous ses espoirs en elle ? Elle aimait son domaine et ses gens mais elle n'était pas pour autant déterminée à accepter n'importe quelle union.

Elle se retourna en entendant la porte de sa chambre s'ouvrir après quelques coups brefs contre le vantail. Entra Jeanie, la femme qui l'avait élevée ; une matrone d'une bonne quarantaine d'années, toujours habillée de noir, forte comme un roc, tout en chair, et un peu bourrue.

Lizzie n'avait pas que des bons souvenirs auprès de cette femme. Elle était parfois brutale dans ses dires et manquait de douceur mais grâce à elle, ou à cause d'elle, Lizzie avait acquis ce caractère prudent et un peu méfiant vis-à-vis des hommes. Car Jeanie les détestait et l'avait toujours mise en garde contre leur duplicité. Lizzie avait soupçonné – quand elle fut en âge de se poser ce genre de questions sans jamais oser lui en faire la demande directement – quelques maltraitances, mais s'était toujours résolue à se faire sa propre opinion sur les hommes.

---

[1] Ou feu sacré, ou feu de Saint Antoine : maladie résultant de l'ingestion de l'ergot du seigle, un champignon de cette céréale. Les malades infestés étaient comme dévorés par un feu interne, mordant, d'où son nom. Ils se gangrénaient, perdaient des membres et mouraient dans d'atroces souffrances.

Certes, la plupart ne lui avaient pas fait grande impression et aucun ne l'avait séduite, mais il y avait certainement quelque part un homme différent des autres qui ferait chavirer son cœur. Ce n'était pas parce que Jeanie n'avait jamais connu l'amour que tous les hommes étaient bons à foutre au chien.

Son visage, fermé, comme à son habitude, était annonciateur de tourments.

Allons bon, que lui voulait-elle ?

— Votre oncle vous demande, damoiselle.

Lizzie se redressa.

Elle avait peur de savoir de quoi il retournait. Si ses soupçons se vérifiaient, elle allait au-devant d'une lutte acharnée entre les désirs de son oncle et les siens : elle ne voulait pas quitter le clan MacDonald, pas encore, et certainement pas au bras d'un homme qu'elle n'avait pas choisi.

— Que me veut-il ?

— Je ne sais pas. Mais il m'a ordonné de vous conduire à lui séance tenante.

Pour le moment, elle avait tout à gagner à se montrer docile et à ne pas mettre son oncle en colère, aussi elle accepta de suivre sa nourrice.

Il serait toujours temps ensuite d'aviser.

Après tout, peut-être se trompait-elle.

En entrant dans la pièce commune – une immense salle où trônait un siège en bois sculpté sur lequel était assis son oncle, Alastair planté derrière lui, et agrémentée d'un âtre ainsi que d'une table gigantesque pouvant accueillir une cinquantaine de convives –, accompagnée de Jeanie, Lizzie se raidit, et se prépara au pire : le visage de son oncle ne lui disait rien qui vaille. Et l'homme, debout à côté du trône, non plus ! Il semblait riche, le plaid recouvrant l'une de ses épaules et son torse était de bonne qualité, ses chausses et ses bottes également, mais ce qui alerta aussitôt Lizzie, ce fut le regard de convoitise qu'il posa sur elle dès son entrée. Un regard licencieux insoutenable.

À croire qu'il la voyait déjà dans sa couche !

Elle releva le menton et avança, se forçant à rester impassible. Elle savait que ce jour viendrait, elle s'y était préparée, mais elle ne pensait pas que son oncle lui ferait l'affront de lui choisir un tel homme comme époux. Un homme qui, au vu de son visage, se laissait aller à la colère et peut-être même à la bouteille. Plutôt mourir qu'entrer dans une telle couche, même avec la meilleure volonté du monde ! Sa peau se hérissa à la pensée que cet homme puisse la toucher.

L'ignorant, elle s'inclina devant son oncle et joignit les mains dans une attitude faussement servile.

— Mon oncle…

À sa grande surprise, il ne descendit pas de son trône pour venir l'embrasser comme il l'aurait fait habituellement, car s'il n'était pas bavard, Georg avait pourtant des marques d'attachement envers elle. Était-il sincère finalement ou entrevoyait-il depuis toujours ce qu'il pourrait obtenir d'elle ? À savoir une alliance avec un autre clan tout aussi puissant que le sien, asseoir son pouvoir, entreprendre des conquêtes d'autres territoires… Son regard se fit implacable, ce qui la surprit douloureusement.

— Chère nièce, dit-il pourtant d'une voix suave. Laissez-moi vous présenter Dougal Campbell, votre futur époux !

Ses peurs étaient donc fondées, il voulait lui faire épouser ce rustre !

Tout son corps se raidit lorsque l'homme, ce… Campbell, descendit de l'estrade et s'approcha d'elle pour lui tourner autour comme il l'aurait fait sur un marché aux bestiaux afin de juger de sa nouvelle acquisition. Lizzie feignit la surprise tout en le surveillant du coin de l'œil. Il sentait mauvais et elle constata que sa barbe était sale par endroits, sa chemise d'un blanc douteux. Ses yeux d'un bleu délavé et ses cheveux roux jaunis par le soleil dont quelques mèches s'échappaient du lien les retenant derrière la tête lui donnaient une allure générale peu ragoutante. Il était grand et avait tout l'air d'un sauvage. D'un dangereux sauvage.

— Un époux, mon oncle ? Mais… je ne m'y attendais pas, vous ne m'en aviez rien dit.

— Eh bien, maintenant, je vous le dis !

Son ton, sec, la déstabilisa. Elle n'avait aucune envie de le contrarier ni de braver son autorité devant un étranger mais il lui fallait bien refuser une telle proposition. L'homme la surprit en saisissant son visage entre ses doigts, qui s'incrustèrent dans sa chair. Le geste fut si rapide qu'elle ne put l'éviter et poussa un petit cri.

— Que voilà bien une pouliche indocile ! Je me fais fort, cher Georg, de la mater !

Tout en le regardant bien en face, Lizzie ne put s'empêcher de lui cracher à la figure :

— Vous rêvez ! Jamais je ne serai docile ! Si vous voulez une telle femme, je vous conseille d'aller la chercher ailleurs.

Ses yeux lançaient des éclairs, elle était prête à tout pour les défier, lui et son oncle. Ils n'avaient pas le droit de la contraindre, elle ne les laisserait pas faire. Son cœur se serra à la pensée que son oncle avait tous les droits sur elle. Il l'avait élevée comme son héritière, il pouvait décider de son destin. Il en était ainsi des femmes, et surtout des orphelines qui n'avaient personne pour les protéger.

Quand bien même elle était seule au monde, elle résisterait.

Il en allait de son honneur et de sa dignité.

Elle ne sut exactement comment cela dérapa. Mais ce fut d'une telle violence et d'une telle rapidité qu'encore une fois il lui fut impossible de parer : Campbell la frappa d'un revers de main, l'envoyant au sol. Mue par un pur instinct de survie qui lui commandait de fuir cet homme qui la malmenait, elle se remit aussitôt debout et voulut s'enfuir, mais Alastair, qu'elle n'avait pas vu se déplacer, sortit de derrière un pilier et la ceintura lorsqu'elle passa à sa portée.

Elle se débattit.

— Laissez-moi ! Je vous interdis de me toucher ! fulmina-t-elle, mais l'homme de main de son oncle était bien plus fort qu'elle et ses jupons entravaient ses jambes.

Elle rua pourtant de toutes ses forces.

Sans grand succès.

Alastair la saisit à bras-le-corps et la jeta aux pieds de Campbell comme un vulgaire sac de légumes puis lui maintint les bras dans le dos en pesant de tout son poids sur elle. Il lui faisait mal, et plus elle se débattait, plus il forçait sur ses bras. Elle sentit ses épaules sur le point de se dérober. Il devait exulter de la maltraiter, le traître ! Il avait voulu la séduire tellement de fois sans succès qu'il avait là sa revanche. Elle savait qu'il la désirait depuis qu'il l'avait coincée dans un couloir pour tenter de la trousser et ainsi s'élever dans la société. Elle n'avait dû sa survie qu'à l'intervention divine de Jeanie dont le bruit de pas dans l'escalier l'avait fait fuir. Elle n'avait rien dit, elle ne voulait pas faire de scandale. Cela aurait été sa parole contre celle de ce salopard et elle n'était pas très sûre que son oncle l'aurait crue. Alastair aurait pu dire qu'elle avait cherché à le séduire et alors son honneur aurait été perdu. Elle avait fait le poing dans sa poche et gardé le silence mais depuis lors, sachant à quoi s'en tenir, elle veillait à être toujours accompagnée de ses gardes, à avoir un couteau sur elle et à bien fermer sa porte de chambre. S'il avait réussi son dessein de la faire sienne, elle aurait été obligée de l'épouser, ce qu'elle ne voulait à aucun prix.

Elle avait assez vite compris qu'elle était un enjeu de choix pour bon nombre d'hommes, y compris son oncle. Heureusement que Jeanie lui avait appris à se méfier d'eux.

Comment sa vie avait-elle pu verser dans l'horreur aussi soudainement ?

Elle en eut les larmes aux yeux, mais les ravala courageusement. Elle ne voulait pas paraître faible devant eux. Elle se promit de lutter jusqu'à son dernier souffle au risque de prendre encore des coups, elle s'en moquait. Ils avaient besoin d'elle, ils ne la tueraient pas.

Elle redressa la tête.

— Je mettrai fin à mes jours plutôt que de vous appartenir, siffla-t-elle entre ses dents serrées.

— Et je te laisserai le faire avec joie, mais pas avant que tu me donnes un fils !

— Allez vous faire voir !

Campbell prit de nouveau son visage entre ses doigts et serra, jusqu'à presque lui casser la mâchoire. Ses yeux s'emplirent de larmes, mais elle se força à soutenir son regard. Il était hors de question qu'elle baisse les yeux devant cet homme. Elle le haïssait déjà de toute son âme.

Il approcha son visage, siffla tel un serpent :

— Tu pourras ruer tant que tu veux, ma belle, je réussirai à t'écarter les cuisses et à te prendre de force s'il le faut, jusqu'à te faire crier.

— Il ne sert à rien de vous rebeller, ma nièce, dit à son tour calmement son oncle, comme si tout cela ne le concernait en rien, en se levant de son assise. J'ai déjà accordé votre main à sir Campbell. Dorénavant, vous lui appartenez. Corps et âme. Aussi vous feriez mieux d'être dans de meilleures dispositions si vous ne voulez pas aggraver votre cas et souffrir inutilement. Le rôle d'une femme est d'obéir à son époux. Je suis désolé, mon ami, je crois que je lui ai laissé trop de liberté, mais je puis vous assurer qu'elle comprendra où est son devoir, Lizzie est une jeune femme intelligente. Alastair, raccompagnez-la dans sa chambre, je vous prie, eh… mais… qu'est-ce encore ? s'interrompit-il en regardant à l'entrée de la pièce tandis qu'Alastair la remettait sur ses pieds d'un geste brusque pour ensuite l'entrainer vers la sortie.

À son grand soulagement, Jeanie, restée muette et n'ayant pas fait le moindre geste pour prendre sa défense, leur emboita le pas.

Son regard croisa alors celui d'un jeune homme que les gardes entrainaient vers son oncle en le tenant sous les bras. Un regard chargé de colère, mais fier et digne. Tout comme sa posture. Il ne céderait rien et lutterait lui aussi jusqu'à la mort.

Elle savait ce que son oncle lui réservait : le fouet pour qu'il avoue son nom, le cachot jusqu'à la remise d'une éventuelle rançon s'il était de bonne famille ou la pendaison s'il n'était qu'un vulgaire voleur. Il ne devait pas avoir plus d'une vingtaine d'années et ses prunelles, d'un vert intense, étaient remarquables. Mais ce qui l'était encore plus, c'étaient les traits de son visage, fins et harmonieux, d'une grande beauté.

Elle se retourna pour le suivre du regard et il en fit de même, jusqu'à ce que les gardes le mettent brutalement à genoux devant le trône de son oncle. Elle savait ce qu'il ressentait, ce qu'elle ressentait elle-même encore : l'humiliation, la colère, l'impuissance, la détermination à ne pas céder devant la brutalité de ces hommes, le désir de revanche…

Oh oui, elle ressentait encore tout cela, jusqu'au tréfonds de son âme. Et elle se sentit soudain proche du jeune homme, étant tous deux soumis à la vilenie et à la barbarie des hommes.

Lorsqu'elle croisa le regard de Campbell, un regard haineux mais jubilatoire, elle se fit la promesse que si par malheur elle ne pouvait échapper à cette union, elle lui planterait son poignard dans le cœur à la première occasion.

Et s'il l'avait déshonorée, elle se tuerait ensuite.

2

Lizzie lutta pour rester sur ses pieds lorsqu'Alastair la poussa dans sa chambre.

Après quelques pas où elle faillit s'écrouler à genoux, elle réussit à se redresser. Elle toisa l'homme de main de son oncle avec mépris, mais ravala ses paroles. Il ne méritait pas sa salive, et il n'attendait que ça : qu'elle le supplie ou se mette en colère contre lui. Dans un cas comme dans l'autre, il s'en gausserait. Elle ne lui ferait pas ce plaisir. Elle se contenta de le fixer. Il ouvrit la bouche, mais se ravisa et referma la porte violemment. Pour ensuite donner un tour de clé.

Elle était prisonnière…

Elle se jeta contre le battant en hurlant pour qu'on la laisse sortir. Elle tambourina, appela Jeanie, pleura de rage et cria jusqu'à en perdre la raison, mais en pure perte. Personne ne viendrait à son secours, son sort était scellé.

Au bout d'un long moment pendant lequel elle continua à frapper contre le vantail, elle se mit à réfléchir intensément pour trouver une échappatoire. Pourquoi ne pas se servir du désir d'Alastair pour qu'il la sauve en lui promettant de lui appartenir ? Ce qu'elle ne ferait en aucun cas, mais elle pouvait le lui faire croire. Elle lui fausserait compagnie quand ils seraient loin de la forteresse et poursuivrait sa route seule. Elle pourrait vendre les quelques bijoux lui venant de sa mère et se payer une traversée en bateau pour l'Espagne ou la France, ou se rendre en Angleterre.

Elle irait n'importe où !

N'importe où, mais loin des deux monstres qui voulaient faire de sa vie un enfer. Il lui fallait fuir au plus vite. Mais sans une aide extérieure, comment faire ? Elle avait maintes fois pensé cacher une corde sous sa couche pour pouvoir descendre de sa croisée et fuir une situation comme celle-ci, mais elle ne l'avait jamais fait et maintenant il était trop tard. Les nerfs en pelote, et plutôt que rester inactive, elle saisit sa besace et y enfouit quelques robes, une chemise de nuit, ses bijoux bien à l'abri dans une pochette de velours, son peigne à cheveux ainsi que son livre préféré, un recueil de poésie. Puis, ne sachant plus que faire, elle s'assit sur sa couche. Il ne lui restait plus qu'à attendre que son geôlier lui apporte son repas du soir. Elle mit au point un stratagème : elle ouvrirait sa robe sur sa gorge, humidifierait ses lèvres, mordillerait l'inférieure de façon suggestive, roulerait des hanches… Elle avait vu des bonnes faire ainsi pour attirer l'œil de certains amis de son oncle. Elle-même ne l'avait jamais fait, mais cela ne devait pas être bien compliqué ! Elle était sûre de parvenir à duper Alastair. Il n'était point sot, mais le désir l'aveuglerait et le pousserait à trahir son oncle.

Les heures défilèrent, angoissantes.

Lizzie se repassait en boucle ce qu'elle venait de subir et loin de s'apitoyer sur son sort, une sombre colère prit possession de son âme. Comment son oncle avait-il pu la trahir de la sorte ? Laisser cet homme la brutaliser ? Ils n'étaient tous deux que des monstres sans cœur.

Bon Dieu, comme elle les haïssait !

Comme elle haïssait ces hommes qui s'octroyaient le droit de vie et de mort sur les autres. Ces hommes qui faisaient fi de ses propres désirs pour ne penser qu'aux leurs en la traitant comme une marchandise.

Le temps passa et il n'y eut nul repas ni visite.

Alastair n'était pas revenu la torturer alors qu'il était son seul espoir. Un espoir qui lentement la quittait. Elle mit la main sur le couteau maintenu contre sa cuisse par un ruban de satin. Il lui faudrait avoir le courage de se trancher la gorge, mais elle savait qu'elle l'aurait. Si son oncle la laissait partir avec cet homme, elle se tuerait devant leurs yeux avant même d'avoir quitté la pièce. Elle était seule au monde, elle ne regretterait rien et personne ne la regretterait. Finalement, sa vie n'avait été qu'une succession de misères, mais c'était ainsi, on ne choisissait pas sa destinée et s'il fut un temps où elle avait eu foi en elle, ce n'était plus le cas. La seule personne en qui elle avait mis toute sa confiance et sur qui elle pensait pouvoir compter venait de la trahir de la pire des manières.

S'il lui avait un tant soit peu parlé de son projet, s'ils avaient convenu d'un époux, Lizzie aurait pu accepter un mariage arrangé. Après tout, il y avait plus désagréable que de devenir la femme d'un puissant laird et la maîtresse d'un immense domaine. Elle aurait eu ses propres serviteurs, elle aurait décidé de toute l'intendance et secondé un époux qu'elle aurait sans doute fini par aimer au fil du temps. Un époux qu'elle aurait réussi à dompter, car elle avait bien compris le pouvoir qu'elle détenait sur les hommes. On pouvait les mener par le bout de la queue si l'on était un tant soit peu maligne.

Et elle l'était.

Elle se coucha en boule sur sa couche sans se dévêtir, et malgré ses tourments, s'endormit aussitôt.

Pour se réveiller en sursaut en sentant des mains la secouer et une voix murmurer à son oreille :

— Debout, mon enfant, il vous faut partir au plus vite !

Désorientée, elle cligna plusieurs fois des paupières et regarda autour d'elle. Il faisait nuit au-dehors. Les souvenirs revinrent en force : son oncle, cet homme brutal qu'il voulait lui faire épouser, sa chambre devenue une prison, son désespoir...

Elle se redressa.

— Que se passe-t-il, Jeanie ?

Après avoir mis un paquet recouvert d'un linge de cuisine à l'intérieur – sans doute quelques vivres –, sa nourrice lui tendit sa besace, ainsi que sa cape.

— Les gardes cuvent leur vin. Vous pourrez fuir, mais il faut vous hâter. Votre jument vous attend derrière la poterne. J'irai à la première heure la refermer.

Lizzie se leva et enfila la cape.

— Pourquoi faites-vous cela, alors que vous n'avez pas eu le moindre mot pour me défendre lorsque cet homme m'a frappée ?

Elle toucha sa mâchoire, encore douloureuse.

— Je ne voulais pas que votre oncle doute de moi et qu'il m'enferme, auquel cas je n'aurais pas pu vous aider à vous enfuir. Je vous en demande pardon si vous avez douté de ma fidélité, mais sachez que j'ai toujours été de votre côté. Et que je vous aime, comme j'aurais aimé ma propre fille si j'avais eu le bonheur d'avoir des enfants.

Lizzie ne put s'empêcher de lui tomber dans les bras, et Jeanie la serra contre son cœur.

— Ne risquez-vous pas d'avoir des problèmes si le laird découvre que vous m'avez laissé lui échapper ? demanda-t-elle après avoir pris du recul.

— Votre oncle ne me fera aucun mal, n'ayez crainte. Je lui suis bien trop utile.

Qu'entendait-elle par-là ? Partageait-elle sa couche ?

Jeanie détestait les hommes !

Elle n'eut pas le loisir de se poser plus de questions que déjà Jeanie la pressait de la suivre.

Elles coururent sur la pointe des pieds dans les couloirs, descendirent le grand escalier menant à la salle commune qu'elles évitèrent pour se rendre directement aux cuisines. Jeanie avait dit vrai, des gardes des deux camps gisaient partout au sol ou affalés sur les tables.

Là, Jeanie ouvrit la porte des cuisines donnant sur l'extérieur, dont elle possédait la clé.

Elle prit Lizzie aux épaules, embrassa ses joues et lui fit un signe de croix sur le front. Elle était pieuse, et sans doute un peu superstitieuse.

— Bonne chance, mon enfant, que Dieu vous garde.

— Que Dieu vous garde aussi, Jeanie. Merci pour tout… Vous reverrai-je un jour ?

Quitter sa nourrice qu'elle découvrait enfin chaleureuse et aimante lui rendait le cœur douloureux, tout comme quitter le seul foyer qu'elle ait toujours connu et où jusque-là elle s'était sentie en relative sécurité. Une demeure qu'elle aimait malgré tout, comme elle aimait son oncle avant ce jour. Elle aurait donné beaucoup pour que les derniers évènements n'aient pas eu lieu et pour retrouver l'insouciance de son enfance.

— Je l'espère, Lizzie. D'ici là, soyez prudente, ne faites confiance à personne !

Cela ne risquait pas !

Lizzie avait compris la leçon : elle ne laisserait jamais un homme décider à sa place, à moins que ce ne fût dans son intérêt et conforme à ses propres désirs.

Après une dernière embrassade, elle inspira profondément, serra sa besace contre son ventre et s'élança dans la nuit, déterminée à parcourir le plus de distance possible avant le lever du jour. Elle longea le mur intérieur en veillant à se fondre dans l'ombre. La lune était pleine, elle pourrait chevaucher sans trop de soucis, elle connaissait de toute façon chaque pierre de chaque chemin alentour, et même au-delà. En passant devant l'entrée du cachot pour se rendre à la poterne, Lizzie pensa soudain au prisonnier dont la lueur farouche dans le regard l'avait intriguée, tout comme l'extrême harmonie de ses traits.

Oh, après tout, qu'il se débrouille !

Elle n'avait pour sa part pas une minute à perdre. Mais plus ses pas l'éloignaient du cachot et plus elle pensait à lui.

Peut-être avait-il déjà été exécuté ?

Auquel cas, elle perdrait du temps pour rien mais cela ne se pouvait, elle aurait entendu l'exécution, elles avaient lieu sous la croisée de sa chambre, dans la cour, où étaient installée en permanence une estrade, avec un billot, une potence et un pilori. Pour que tout un chacun sache ce qu'il en coûtait de braver l'autorité du grand Georg MacDonald !

La mort faisait partie de la vie et personne ne s'offusquait des sanctions encourues aux moindres manquements ; il en allait de l'honneur du clan. En outre, seuls les étrangers et les membres de clans ennemis étaient exécutés ; les habitants du domaine n'étaient que sévèrement sanctionnés d'une main coupée ou d'une oreille clouée.

Aussi, tous assistaient au spectacle avec satisfaction, voire une certaine délectation. Les scènes auxquelles Lizzie avait été obligée d'assister l'avaient laissée proche de la nausée. Elle espérait ne jamais avoir à monter sur une telle estrade, car elle savait également comment se comportait une foule en colère et il suffisait parfois d'un rien pour qu'elle s'enflamme, ne demandant qu'à se repaître du sang des plus faibles.

Lizzie chassa ces pensées de son esprit et réfléchit à la marche à suivre : elle allait être seule et sans protection. Il lui faudrait rester vigilante, car une femme voyageant seule suscitait des convoitises. Elle décida aussitôt de rejoindre la ville la plus proche, Inverness, et de se mêler à un groupe de voyageurs. Elle pourrait vendre sa haquenée et en récolter un bon prix. Cela lui crèverait également le cœur, mais comment faire autrement ? Elle ne pourrait pas l'emmener là où elle allait.

Lizzie ralentit ses pas, ce garçon l'obsédait.

Elle ne pourrait jamais se pardonner de l'abandonner à un sort atroce alors qu'elle-même venait d'être sauvée par une âme charitable. Elle ne pouvait quitter le domaine sans avoir au moins tenté de lui rendre sa liberté. Qu'elle puisse perdre la sienne en s'attardant ne lui effleura la pensée qu'une seule seconde. Résolue, elle fit demi-tour et descendit les marches menant aux cachots en veillant à ne pas glisser sur le sol boueux. Depuis qu'elle était libre, son cœur ne cessait de battre la chamade, autant de peur que d'excitation.

Mais ne faisait-elle pas une grave erreur en aidant cet étranger ?

Peu importe ! Sa charité le lui imposait.

Elle s'arrêta en entendant du bruit provenant de la salle des gardes à sa droite, peu après l'entrée. Elle n'était descendue dans cet endroit qu'une seule et unique fois, par simple curiosité, mais s'en souvenait comme si c'était hier. L'état de saleté dans lequel étaient maintenus les prisonniers l'avait révoltée, tout comme la salle de torture. Bouleversée et outrée, elle n'y avait jamais remis les pieds et s'efforçait autant que faire se pouvait d'oublier que l'on torturait des gens là-dessous.

Elle se concentra sur l'essentiel : mettre la main sur le trousseau de clés ouvrant les cellules, qu'elle savait pendu dans la salle des gardes. Les bruits se turent et elle continua sa progression. Arrivée vers ladite salle, elle risqua un regard à l'intérieur. Les trois gardes – ivres eux aussi – étaient affalés sur la table, jonchée de cruchons. De plus, ils étaient rarement sur le qui-vive. Qui aurait l'idée de venir libérer un prisonnier ? Lizzie fit une prière silencieuse pour que le détenu ne soit pas enchaîné au mur et qu'il soit capable de tenir debout, ou elle perdrait encore un temps précieux.

Elle posa sa besace, entra sur la pointe des pieds et courut sans bruit prendre le trousseau de clés, qu'elle entoura de sa main pour que ces dernières ne tintent pas les unes contre les autres. Elle ressortit aussi discrètement qu'elle était entrée, reprit sa besace et s'élança dans le couloir des cellules. La puanteur était insoutenable, mais elle l'ignora, il lui fallait trouver le prisonnier au plus vite et ne pas s'attarder, il en allait de leur survie à tous les deux. Elle commettait une traîtrise en le libérant et risquait la potence pour ce méfait ou pire, le mariage. Elle savait qu'elle choisirait la potence si on lui en laissait la liberté.

Ne voulant pas s'appesantir sur le sujet, elle observa toutes les cellules, éclairée par des falots tout au long du couloir central jusqu'à trouver celle qui l'intéressait. Elle reconnut le jeune homme à ses vêtements. Recroquevillé sur lui-même, il lui tournait le dos, et il lui sembla l'entendre gémir.

Elle glissa l'une des clés dans la serrure… ce n'était pas la bonne.

Elle en essaya une autre, puis encore une autre.

Vite, vite…

Ses mains ne tremblaient pas, mais il lui fallait faire vite et elle avait peur d'essayer la même clé plusieurs fois, ce qui lui ferait perdre un temps précieux et réduirait leurs chances d'en sortir vivants.

Elle soupira.

Il lui fallait de la méthode, du raisonnement…

Enfin, elle trouva la bonne clé. Elle poussa la porte, qui grinça légèrement. Elle retint son souffle, regarda en direction de la salle des gardes et attendit, frémissante d'angoisse, que l'un d'eux apparaisse. Mais il n'en fut rien. Seuls les ronflements se faisaient entendre. Elle prit son courage à deux mains et entra. Il lui fallait encore réveiller le prisonnier en veillant à ce qu'il ne donne pas l'alerte, puis l'aider à se mettre debout, le soutenir s'il ne pouvait pas marcher seul, se rendre à la poterne, puis monter à cheval…

Mon Dieu, dans quel pétrin s'était-elle aventurée ?

Pourquoi avait-elle pris la décision d'aider ce jeune homme qui n'était rien pour elle ? Au mépris de toute raison ? Mais Lizzie était malade rien qu'à imaginer la hache du bourreau lui trancher la tête ou ses magnifiques yeux se révulser lorsque la corde le priverait d'air.

Arrivée près de la couche, elle posa la main sur son épaule et le secoua doucement pour le réveiller tout en lui soufflant à l'oreille :

— Monsieur… levez-vous !

Après plusieurs secondes qui lui parurent d'une lenteur désespérante, et après qu'elle eut réitéré sa supplique, le prisonnier bougea enfin.

— Ne faites pas de bruit, ou nous sommes perdus, lui dit-elle encore au creux de l'oreille.

Il hocha la tête pour lui signifier qu'il avait compris, se redressa, l'air hagard, et se passa la main dans les cheveux. À la faible lumière des falots, Lizzie put entrevoir son magnifique visage abîmé par les coups. Le sang avait coulé, puis séché. Ce n'était pas beau à voir.

Quelles ordures !

Les gardes s'étaient visiblement acharnés sur lui, à moins que ce ne soit son oncle, qui parfois prenait plaisir à torturer lui-même.

Il ouvrit la bouche, certainement pour lui poser des questions, mais Lizzie l'en empêcha.

— Nous parlerons plus tard. Vous pouvez marcher ?

— Oui, je crois, lui répondit le prisonnier en se redressant avec précaution.

— Alors dépêchons-nous !

Il la retint en lui saisissant le bras.

— Je ne sais pas pourquoi vous faites ça, ma dame, mais merci.

— Nous aurons tout le temps de discuter en chemin, réitéra-t-elle. Pressons-nous !

Le jeune homme la relâcha et Lizzie s'avança vers la grille de la cellule. Après s'être assurée que le chemin était libre, elle lui fit signe de la rejoindre. Ce qu'il fit en boitillant, mais plus il avançait, plus il semblait reprendre quelques forces. Ils franchirent la grille et sortirent des cachots sans avoir rencontré âme qui vive. Le prisonnier la suivit difficilement, mais avec détermination, quand elle prit la direction de la poterne au bout de la forteresse. Il était lui-même conscient qu'ils risquaient gros et s'attachait à la suivre du mieux qu'il pouvait. Lizzie entendait son souffle ardu. Manifestement, il souffrait, mais supportait la douleur courageusement. Enfin, la petite porte donnant sur l'extérieur fut devant leurs yeux. Sans elle, il leur aurait été impossible de sortir de la forteresse, le pont-levis étant hissé.

Lizzie mit sa main sur la clenche de bois, l'abaissa. Elle s'attendait à tout moment à ce que quelqu'un se rende compte de sa fuite et donne l'alarme, mais il n'en fut rien. La porte pivota sans bruit et bientôt, ils furent dehors.

Elle referma sitôt son compagnon sorti.

Sa haquenée, Vol-au-vent, était là à l'attendre, sellée et attachée par la bride à l'un des anneaux prévus à cet effet. Lizzie lui flatta l'encolure et la remercia d'avoir patienté. L'animal lui répondit d'un coup de museau. Puis souffla par les naseaux. Visiblement, chevaucher de nuit n'était pas pour lui déplaire.

Lizzie se tourna vers le jeune homme. La lumière de la lune se refléta sur son visage. Lui aussi la regardait, semblant comme… perdu.

— Nous devrons partager ma jument. Elle est forte et courageuse, elle arrivera à nous porter tous les deux.

— Si elle se fatigue, je descendrai et je la tiendrai par la bride, n'ayez crainte, ma dame. Je monte en premier et je vous prends contre moi, cela vous convient-il ?

Sa voix était douce, son attitude chevaleresque et celle de quelqu'un de bien élevé. Lizzie ne s'était pas trompée, il était digne de confiance et elle se félicita de l'avoir libéré.

Elle n'avait pas chevauché ainsi depuis son enfance quand son oncle l'emmenait en promenade ou visiter leurs terres, mais ne voulant pas le contrarier ni le froisser dans son honneur, elle accepta. Le jeune homme se mit en selle avec une grimace de douleur, en maintenant son bras gauche contre son flanc, puis lui tendit sa main droite pour l'aider à se hisser afin qu'elle se retrouve assise devant lui, les deux jambes du même côté. Il était plus grand qu'elle et la dépassait d'une bonne tête. Il donna un coup de talon. Vol-au-vent réagit immédiatement et s'élança. Le jeune homme était un cavalier émérite et la jument, se sentant en confiance, lui obéit sans coup férir.

Ils dévalèrent la pente puis s'engagèrent sur le chemin conduisant à la forêt bordant la forteresse. S'ils maintenaient cette allure d'enfer, il ne leur faudrait que quelques heures pour être à l'abri. Mais même alors, ils devraient continuer leur chemin jusqu'à être complètement en sécurité. Le jeune homme avait l'air de connaître les alentours et de parfaitement se repérer.

D'où venait-il ?

Où la conduisait-il ?

Chez lui, très certainement…

Ils allaient trop vite pour qu'elle lui pose la question, mais elle s'en remettait entièrement à lui. À dire vrai, elle était heureuse de ne pas être seule et d'avoir quelqu'un pour la protéger, même s'il était jeune et sans armes. Il avait l'air d'avoir un caractère déterminé. Oui, elle devait s'en remettre à lui, elle n'avait plus le choix désormais, qu'il l'emporte loin lui suffisait.

Ils chevauchèrent à bride abattue jusqu'au lever du jour, mais durent pourtant s'arrêter pour laisser la jument, ainsi qu'eux-mêmes, se reposer. Lizzie se laissa glisser de la selle. Quand le jeune homme fut descendu à son tour, elle prit les rênes de la haquenée et l'attacha à la branche d'un arbre. Elle s'assit au pied de celui-ci, fourbue. Elle était bonne cavalière et avait l'habitude de chevaucher pendant des heures, mais pas dans cette position inconfortable. Son compagnon s'éloigna et Lizzie comprit qu'il allait soulager un besoin naturel, ce qu'elle-même devrait faire, mais elle avait un peu peur de s'éloigner de sa jument.

S'il la volait et s'enfuyait avec ?

Elle se retrouverait à pied, et seule. Elle serait facilement rattrapée.

Il vint s'asseoir face à elle, et lui tendit des baies.

— Merci…

— Je vous en prie, c'est la moindre des choses. Quand nous serons chez moi, je vous offrirai un festin pour vous remercier de m'avoir sauvé.

Le ventre de Lizzie gargouilla, ce qui les fit se regarder, et se sourire. Ce jeune homme avait un sourire magnifique malgré les ecchymoses et le sang séché qui lui marbraient les joues. Des dents très blanches. La lumière du jour naissant permettait à Lizzie de remarquer à quel point ses traits étaient fins, ses prunelles d'un vert intense. Il était vraiment très beau.

Lizzie mit une baie dans sa bouche, la suça pour en savourer le goût : celui de la liberté. Le jeune homme la regardait lui aussi, visiblement admiratif, mais semblant perdu dans ses pensées.

— Enfin, si vous voulez bien m'accompagner jusqu'à ma demeure…

— Oh… là-bas ou ailleurs, cela m'est égal.

— C'est entendu alors, nous irons dans mon domaine ?

— C'est entendu. Est-ce loin ?

— À trois bonnes journées de cheval. Vous vous êtes enfuie, c'est ça ? demanda-t-il après quelques minutes de silence.

— Oui, on voulait me marier de force à une ordure. Heureusement, ma nourrice m'a libérée de ma chambre où ils me retenaient prisonnière.

Elle ne devrait peut-être pas lui confier ses tourments, mais elle se sentait étrangement liée à ce garçon, certainement parce qu'elle l'avait sauvé. Il la dévisagea intensément.

— Encore une fois, merci, ma dame, vous m'avez évité une mort certaine.

Elle se retint de lui demander de quels sévices elle l'avait sauvé ; elle ne voulait pas lui faire revivre de douloureux moments.

— Que faisiez-vous sur nos terres ? le questionna-t-elle simplement.

— Nous sommes venus récupérer du bétail qui nous avait été volé, mais nous nous sommes fait prendre. Les autres ont pu s'enfuir. Pas moi.

— Oh… il y a eu des morts, des blessés ?

— Pas dans notre camp, mais dans le vôtre, oui.

Lizzie s'en moquait. Les gardes de son oncle étaient à sa botte et pour la plupart des brutes sanguinaires. S'il leur avait demandé de la battre comme plâtre, ils l'auraient fait. Elle s'était toujours sentie plus proche des petites gens du village que des hommes du clan, ce qui ne l'empêchait pas de les respecter, jusqu'à hier. Elle ne se leurrait pas, aucune aide ne viendrait de ceux de son clan. Personne ne prendrait sa défense contre les ordres du laird, sous peine de sentence. Elle était aujourd'hui un paria. Elle ne leur en voulait pas, c'était ainsi… Il y avait des lois, et elle les avait enfreintes à ses risques et périls, mais encore une fois, elle ne regrettait rien ; plutôt la fuite, ou même la mort, que vivre comme une esclave. L'esclave d'un homme comme Dougal Campbell. Celui-ci, elle espérait bien ne plus jamais croiser son chemin.

— Comment vous appelez-vous ?

— Ewen…

— Ewen comment ?

— Ewen Kin… Ewen Kinkaid.

— Oh… il me semblait que le domaine des Kinkaid était plus loin encore.

— Oui, dame, mais nous avons un campement à la limite de la frontière, c'est là que nous irons en premier.

— Très bien ! Et qu'en est-il des MacLeod ? Les connaissez-vous ? Est-il sage de traverser leur territoire ?

— Il n'y a qu'avec votre clan que les MacLeod ont des problèmes. Pour notre part, nous n'avons pas à nous en plaindre, ils nous laissent tranquilles. Ils se comporteront bien avec nous, ma dame, je vous en fais la promesse.

— C'est parfait, alors. Si nous nous remettions en route ?

Lizzie sauta sur ses pieds et son compagnon en fit de même, réprimant une grimace de douleur.

— Que diriez-vous de me laisser les rênes ? lui proposa-t-elle. Vous pourriez vous reposer sur moi. Vous avez chevauché des heures durant, vous devez être exténué.

— Ce ne serait pas de refus, j'avoue que j'ai mal partout. Je vous en remercie, ma dame.

— Cessez de me remercier, Ewen, je n'ai fait que mon devoir en vous sauvant.

— Peut-être, mais peu de personnes auraient eu ce courage, alors du fond du cœur, merci.

Lizzie lui répondit d'un sourire, puis monta en selle.

Elle lui tendit la main, comme il l'avait fait précédemment pour elle, et il se hissa de nouveau derrière elle, mais cette fois-ci, c'était elle qui tenait les rênes et était de face.

Elle talonna Vol-au-vent et ils reprirent leur chevauchée.

Vers midi, ils firent une nouvelle halte, déjeunèrent de légumes volés dans un champ, qu'ils lavèrent à l'eau d'une rivière, où ils purent étancher leur soif. Heureusement pour eux, c'était une belle journée ensoleillée et Lizzie aurait pu savourer la balade, mais cela n'en était pas une. Elle n'oubliait pas qu'à l'heure qu'il était son oncle et Campbell s'étaient certainement lancés à leurs trousses. S'étaient-ils aperçus qu'elle avait libéré le prisonnier ? Ewen lui avait confié qu'il avait fini par leur avouer son identité pour qu'ils cessent de le frapper, en avaient-ils également déduit que c'était chez lui qu'elle se rendrait ? Les doutes ne cessaient de l'assaillir, et souvent elle tendait l'oreille pour percevoir si des bruits de sabots de chevaux résonnaient dans le lointain.

Quand ils reprirent leur chemin, Lizzie proposa à Ewen de le ceinturer à elle avec son plaid pour qu'il ne tombe pas de cheval et puisse dormir quelques heures. Il lui avait également avoué que les douleurs l'avaient tourmenté et qu'il venait à peine de s'endormir lorsqu'elle était venue le secouer. Elle brûlait de lui poser des questions sur son clan, mais le sentant peser sur elle de tout son poids, elle comprit qu'il s'était endormi. Ses questions allaient devoir attendre qu'ils fassent halte pour la nuit. Lorsque le soleil se coucha, elle sortit du chemin pour s'enfoncer dans la forêt. En avisant une grange abandonnée, elle s'arrêta et réveilla Ewen. Ils firent entrer la jument, et le jeune homme se proposa de veiller puisqu'il avait dormi une bonne partie de la journée. Lizzie accepta, se coucha dans le foin et s'endormit aussitôt, harassée de fatigue, en souhaitant au plus profond de son cœur qu'Ewen soit là à son réveil.

Ce fut une bonne odeur de viande rôtie qui la réveilla, bien plus tard. Ewen était allé chasser et il avait réussi à capturer un lapin, qu'il était en train de faire tourner au-dessus d'un petit feu. Décidément, ce garçon était plein de surprises et elle était heureuse d'être en sa compagnie. Si elle était restée seule, elle aurait été incapable de trouver de la nourriture et de faire un feu.

Il l'accueillit d'un sourire.

— Il sera prêt dans quelques minutes, ma dame.

— Appelez-moi Lizzie, Ewen, je vous en prie, répondit-elle en s'asseyant face à lui, de l'autre côté du feu.

Il écarquilla les yeux.

— Vous êtes Élisabeth MacDonald ? *La* Lizzie MacDonald ? La nièce du vieux Georg ?

Son étonnement la fit sourire.

Elle tendit les mains vers le feu pour se réchauffer.

— Oui ! Vous l'ignoriez ? Cela vous pose un problème ? demanda-t-elle face à son silence.

— Pas si nous échappons à votre oncle, finit-il par lâcher. Dans le cas contraire, je ne donne pas cher de ma peau. Cette fois-ci, ils ne se contenteront pas de me pendre, mais ils m'écharperont, pensant que je vous ai enlevée.

La jeune fille frissonna.

— Si par malheur ils nous prennent, je leur expliquerai. Mais alors je serai dans le même pétrin que vous, ajouta-t-elle, comme se parlant à elle-même. Prions que cela n'arrive pas.

Ewen soupira :

— Nous devrions nous dépêcher de manger et continuer notre chemin sans trop nous attarder. D'ailleurs, la cuisson est terminée.

Il prit la broche qu'il avait confectionnée avec une petite branche, puis il se leva pour éteindre le feu avec son pied. Ses dernières paroles firent renaître l'angoisse de Lizzie, qu'elle s'était efforcée de refouler.

— Vous croyez qu'ils ont retrouvé notre trace ?

— Je n’ai vu aucun cavalier alentour lorsque je suis monté sur la colline que vous voyez là-bas mais on ne sait jamais.

Il s’empara de la pierre tranchante qui lui avait certainement permis de dépecer l’animal, déposa ce dernier sur une autre pierre plate. Il trancha une cuisse, qu’il lui tendit. Lizzie s’en empara et mordit dedans à pleines dents. Elle était affamée. Ils gardèrent le silence le temps de déguster la viande, savoureuse à souhait. Ewen ne cessait de l’observer à la dérobée et elle était bien incapable de comprendre ce regard.

— Qu’y a-t-il, Ewen ?

Le jeune homme se racla la gorge.

— On nous avait vanté votre beauté, je dois reconnaître que vous êtes encore plus belle que ce que j’avais imaginé.

Elle lui sourit.

— Merci, c’est gentil.

— C’est la vérité. Je comprends maintenant pourquoi bon nombre de chefs de clan rêvent de vous épouser.

— Ce n’est pas seulement pour mon apparence, hélas, mais pour en tirer profit. Parlez-moi plutôt de votre famille, enchaina-t-elle pour changer de sujet. Je ne crois pas savoir grand-chose sur les Kinkaid.

Ewen avala sa bouchée et se racla encore la gorge.

— J’ai deux frères, plus âgés. Mes parents sont morts lorsque j’étais enfant.

— De maladie ?

— Oui, c’est ça, de maladie…

Elle eut l’intime conviction qu’il ne lui disait pas tout.

— Nous devrions repartir, dit-il soudain en se relevant.

Elle renonça à en savoir davantage, se releva à son tour et secoua ses jupes.

— Je reprends les rênes, annonça-t-il. Ainsi, vous pourrez encore vous reposer.

Lizzie ne prit pas cela comme une requête, mais plutôt comme un commandement.

— Demain, nous entrerons sur les terres des MacLeod, dit-il encore. Laissez-moi parler. Ils ne vous feront aucun mal, je vous le promets.

Lizzie était loin d'être rassurée, mais il était trop tard pour faire marche arrière. Elle avait confiance en Ewen. Elle l'avait sauvé, il lui était redevable et ne la trahirait pas, son honneur le lui interdisait. La veille, elle avait fait le choix de le raccompagner chez lui, de prendre un peu de repos, puis de continuer son chemin vers sa destinée. Tant qu'Ewen ne dévoilait à personne qui elle était, elle ne serait pas en danger.

Ils chevauchèrent encore toute une journée sans quasiment parler, se reposèrent la nuit suivante et ce n'est qu'en milieu de matinée qu'ils entrèrent sur les terres MacLeod. Ewen ralentit l'allure de la jument. Le cœur de Lizzie se serra, elle n'était jamais allée aussi loin et elle pénétrait en territoire ennemi.

Que Dieu ait pitié d'elle.

Si elle était découverte, Lui seul savait ce que ces hommes feraient d'elle. Aussi, elle pria ardemment pour qu'il n'en soit rien.

3

Quand ils entendirent des hululements au détour d'un chemin, au beau milieu de l'après-midi, il était trop tard : des hommes sortaient des fourrés pour leur barrer la route. Vol-au-vent se cabra sous la menace, et ils seraient tombés s'ils n'étaient de bons cavaliers. En un rien de temps, ils furent encerclés par une bonne dizaine de highlanders. Trop tard pour faire quoi que ce soit. Ils étaient pris.

L'un d'eux saisit la bride de la jument et, reconnaissant visiblement Ewen, il s'esclaffa tandis que les autres se rapprochaient :

— Regardez donc qui voilà ! Et en charmante compagnie qui plus est !

— Menez-nous à votre laird ! ordonna aussitôt Ewen.

Lizzie se tassa contre le corps de son compagnon. Elle ignorait si les hommes MacLeod la connaissaient, mais elle ne voulait pas courir le risque. Elle cacha son visage, mais eut le temps de voir à quoi les hommes ressemblaient : comme tous les highlanders, ceux-ci avaient la peau burinée par le grand air, les vêtements froissés et sales de ceux qui passaient leurs nuits au sol. Sans nul doute étaient-ils des sentinelles postées aux frontières du territoire MacLeod. Elle se félicita d'avoir échappé à celles de son oncle. Ewen savait certainement où elles se cachaient. Il avait l'air de connaître le terrain. Mieux qu'elle en tout cas, et encore une fois, elle se félicita de l'avoir comme compagnon. Sans lui, sa fuite aurait été plus ardue. Pour autant, sans être véritablement menaçants, ces hommes l'intimidèrent.

— Mais… Ew… s'écria l'homme.

— Faites ce que je vous dis ! l'interrompit Ewen. Je dois voir le laird ! Au plus vite !

Ewen resserra son bras autour d'elle, lui faisant comprendre de le laisser parler, comme ils en avaient convenu. Qu'il se rassure, elle ne dirait rien, à moins d'y être forcée. Lizzie sentait sur elle le regard de l'homme qui tenait la bride de sa jument, et elle dut se faire violence pour ne pas tourner la tête pour l'observer avec la même insistance.

— Tout le monde en selle ! ordonna l'homme, au grand soulagement de Lizzie.

— N'ayez crainte, je vais tout arranger, lui souffla Ewen avant de partir au galop.

— Comment cela ? Sont-ils dangereux, finalement ? Vont-ils nous empêcher de traverser leur territoire ?

— Quoi qu'il se passe et quoi que je fasse, ne dites rien !

Lizzie observa son visage. Il avait les sourcils froncés, la bouche pincée. Manifestement, il était soucieux. Que lui cachait-il ? Les Kinkaid étaient-ils véritablement les bienvenus sur ces terres ?

Le bruit des chevaux n'étant pas propice à la conversation, Lizzie se résigna à ne pas le questionner davantage bien que les soupçons se bousculaient dans sa tête. Elle se raisonna : elle était en sécurité, Ewen la protégerait, il le lui avait promis.

Ils chevauchèrent à bride abattue pendant deux bonnes heures, puis soudain, ils sortirent de la forêt et une forteresse lui apparut. Elle avait imaginé le clan MacLeod prospère et sans doute l'avait-il été vu la grandeur de l'enceinte de protection, mais ce n'était plus qu'un lointain souvenir. Visiblement, l'argent manquait. Certaines parties du mur d'enceinte étaient faites de pieux de bois plutôt que de pierres, et les toits étaient en mauvais état. Les petites demeures hors des murs étaient pitoyables, et les gens sortis pour les accueillir pauvrement vêtus.

Lizzie puisa dans ses souvenirs pour se remémorer ce que son oncle lui avait dit de ce clan. Bien des années auparavant, Georg avait fondu sur la forteresse et avait été à deux doigts de s'en emparer. Les MacLeod n'avaient dû leur survie qu'à la bravoure du fils aîné du laird, Alexander, qui s'était battu comme un dément et avait réussi, avec ses hommes, à les refouler. Malcolm MacLeod, le laird, était mort dans la bataille, ainsi que bon nombre de guerriers du clan. Son oncle avait lui-même été grièvement blessé à la jambe, ce qui l'avait obligé à retirer ses troupes. Depuis lors, la douleur ne le quittait plus, il boitait et vouait aux MacLeod une haine farouche. Sans doute était-ce pour cette raison qu'il voulait se lier avec Campbell : pour faire un nouveau raid contre les MacLeod et cette fois-ci les faire tomber. Leur laird avait la réputation de ne pas avoir froid aux yeux et d'être un puissant guerrier.

Soudain, elle eut peur de se retrouver devant lui.

S'il était aussi terrible que la rumeur le décrivait, comment réagirait-elle ? Et lui, comment la traiterait-il s'il était encore plus cruel que Campbell ?

Ils franchirent le pont-levis sous l'œil de curieux accourus de toute part. Des cris s'élevèrent. Ewen, visiblement, était connu, ce qui la rassura tout en l'interpellant. Était-il un tel habitué des lieux que ces gens semblaient être heureux de le voir ? C'était à n'y rien comprendre ! Mais peut-être faisait-il affaire avec eux ? Il lui avait dit que leurs clans s'entendaient bien…

Il fallait qu'elle arrête de voir le mal partout, mais il valait mieux qu'elle reste sur ses gardes et s'attende au pire ; la situation pouvait mal tourner en une fraction de seconde, elle en avait fait l'expérience.

Elle aurait bientôt réponse à ses questions, ils arrivaient.

Ewen arrêta la monture devant la porte monumentale de la demeure du laird, sauta de la selle et tendit les bras à Lizzie, comme il l'aurait fait avec sa promise. Était-ce le rôle qu'il voulait lui faire jouer ? Autant l'accepter, rester en retrait, le laisser mener les échanges, ouvrir la bouche le moins possible et se faire discrète. Aussi, elle se pencha, prit appui sur ses épaules. Ewen la souleva, pour ensuite la reposer au sol délicatement. Elle le remercia d'un sourire quelque peu crispé alors qu'un homme prenait les rênes de la jument pour la mener aux écuries. Le reste de la troupe se dispersa, ainsi que les curieux qui retournèrent vaquer à leurs occupations et se désintéressèrent d'eux, les laissant seuls.

Ewen se saisit de la main de Lizzie, réitéra :

— Quoi que je dise, faites-moi confiance.

Lizzie n'eut pas le temps de répondre qu'un cri s'éleva de l'entrée de la demeure.

— Ewen !

Lizzie vit avec stupeur une charmante jeune femme d'à peu près l'âge d'Ewen, blonde comme les blés, courir vers eux. Quand elle ne fut plus qu'à dix pas, elle découvrit leurs mains enlacées et s'arrêta, comme foudroyée. Ses yeux s'emplirent de larmes. Elle hoqueta, mit sa main sur sa bouche et s'enfuit, secouée de sanglots. Lizzie ne comprenait plus rien ! Elle chercha à lâcher la main de son compagnon, mais il l'en empêcha. Que voulait dire cette mascarade ? Elle n'était pas réellement sa promise, et imposer de telles souffrances à cette jeune femme qui visiblement était amoureuse d'Ewen la chagrinait. Elle n'était pas là pour semer la pagaille !

— Je m'en occuperai plus tard. Venez, le laird nous attend certainement.

Ewen l'entraina dans la demeure puis directement dans la grande salle constituée, comme toutes les pièces de réception des foyers des lairds, d'un trône en bois, d'un âtre dans lequel pouvait cuire un gros mouton, d'immenses tables, de grands candélabres sur pieds, mais ici, nul vaisselier, nul tapis ni ornements muraux ne venaient égayer l'ensemble, à la différence de la demeure de son oncle, et les tables étaient entourées de bancs et non de confortables fauteuils. Pour autant, le sol était propre, jonché d'herbes fraîches ; le trône en bois ainsi que les deux fauteuils lui faisant face, très joliment ouvragés, comme seuls témoins d'une grandeur disparue. Il n'y avait qu'un seul trône, ce qui signifiait que le laird n'avait pas de femme avec qui partager son pouvoir.

Tout en suivant Ewen, un peu en retrait, Lizzie détailla les lieux et enfin le laird devant qui Ewen s'inclina, et qui n'était pas le redoutable Alexander MacLeod ! Il n'avait pas cet âge. Cet homme n'était qu'un laird de substitution, le véritable maître des lieux étant certainement parti chasser ou guerroyer.

— Jeune Ewen ! Nous nous faisions beaucoup de souci pour toi !

— Il ne fallait pas ! Me voici, sain et sauf, grâce à cette jeune femme qui m'a sauvé d'une mort certaine.

Le vieil homme détailla Lizzie qui avait, par politesse, rabattu sa cape pour montrer son visage. Elle le scruta également : il devait avoir au moins soixante-dix ans. Ses cheveux et sa longue barbe étaient blancs comme neige, son corps voûté mais encore robuste, et à la façon dont il se tenait, très en avant, elle comprit qu'il devait être dur de la feuille.

— Que t'est-il arrivé ? demanda le vieil homme.

— Je…

— Où est-il ? gronda une voix à l'entrée de la pièce.

De surprise, Ewen lâcha la main de Lizzie et se retourna. Lizzie également. Subjuguée, son cœur battant soudain à un rythme infernal, la jeune femme regarda avec stupeur le nouvel arrivant avancer vers eux au pas de charge, son épée battant sa jambe gauche à chacune de ses enjambées. Il était grand. D'une taille supérieure à la moyenne, et incroyablement beau. Le plus bel homme qu'elle n'ait jamais rencontré. C'était la première fois qu'elle voyait un homme si bien fait de sa personne. Les chausses moulaient avantageusement ses cuisses, le plaid jaune et rouge autour de son buste lui donnait une allure de roi. Elle eut juste le temps d'apercevoir des avant-bras noueux, des boucles brunes et l'esquisse d'un sourire avant qu'il ne prenne Ewen à bras-le-corps. Il lui tapa dans le dos, visiblement ému de le voir.

Puis, il tourna la tête vers elle.

Alors son cœur menaça de s'arrêter tout à fait.

Les prunelles d'une incroyable couleur verte, bordées de longs cils, fouillèrent les siennes sans aucune gêne, le sourire s'évanouit. Cet homme la regardait comme s'il allait la manger toute crue. Une sensation inconnue prit naissance dans son ventre. Quelque chose d'indécent qui la bouleversa jusqu'au tréfonds de son âme. Lizzie avait le sentiment de respirer pleinement pour la première fois de sa vie tout en ayant le souffle coupé. L'homme la dévorait du regard avec une telle intensité, une telle fièvre, qu'elle finit par s'en offusquer.

Pour qui se prenait-il à la fin pour la jauger de la sorte ?

Elle reprit contenance, se redressa et le toisa sans ciller ; elle n'allait pas se laisser intimider par cet homme, aussi magnifique soit-il !

Son expression se modifia et elle sut, à cet ultime instant, qu'il savait parfaitement qui elle était. Ce fut alors qu'elle nota la ressemblance. Le cœur de Lizzie manqua plusieurs battements sous le coup d'une vive émotion : les deux hommes se ressemblaient tant qu'ils ne pouvaient qu'être de la même famille.

Ewen l'avait dupée !

Et cet homme était Alexander MacLeod !

Ce fut comme un coup de poignard dans le ventre. Elle avait été si naïve, elle se serait battue comme plâtre de s'être laissée duper de la sorte. À sa décharge, Ewen ne savait pas qui elle était lorsqu'ils avaient quitté la forteresse, elle le lui avait appris en chemin. Sans doute pensait-il la mettre sous la protection de cet homme ? Ou avait-il ourdi sitôt son identité dévoilée le plan de la retenir prisonnière et de demander une rançon à son oncle ? Elle jeta un coup d'œil à Ewen qui lui aussi la regardait, visiblement navré. Il regrettait le fait, c'était indéniable. Il n'avait pas eu le choix, ce que Lizzie comprenait, sans pour autant l'en excuser.

Sans cesser de la fixer, l'homme s'adressa à Ewen :

— Merci, mon frère ! Va te restaurer. Laisse-nous !

— Mais, mon laird… tenta aussitôt Ewen, visiblement à la torture de devoir quitter la place.

— Je t'ordonne de nous laisser ! File !

Alexander, certainement habitué à ce que tous lui obéissent au doigt et à l'œil, s'adressait à Ewen comme à un laquais, et Lizzie en fut chagrinée pour lui, en plus d'être désespérée de le voir sortir de la pièce. Ewen lui adressa encore un regard désolé. Lizzie ne lui en voulait pas, il devait obéissance à son laird et n'avait pas le choix. Son cœur, dans sa poitrine, continuait à tambouriner comme un cheval fougueux. Soudain, elle eut peur. Peur de devoir affronter cet homme qui la bouleversait d'une étrange façon autant qu'il la révoltait. Il l'observait ardemment en se passant les doigts sur le menton, comme s'il évaluait déjà ce qu'il pourrait obtenir d'elle. Ses yeux la détaillaient sans aucune retenue et si elle-même n'avait pas peur d'envenimer la situation, elle l'aurait frappé pour son outrecuidance.

Cet homme était un rustre !

Un rustre au visage magnifique, mais un rustre quand même.

À son attitude et à la lueur de ses prunelles, elle sut que la réputation du guerrier n'était pas usurpée, l'âme de cet homme semblait dure comme de la pierre. Il n'était pas étonnant qu'il soit seul, sans femme à ses côtés, il devait avoir également un cœur de pierre et être incapable d'aimer.

Tout son corps se révolta.

Elle s'apprêtait à prendre ses jambes à son cou lorsqu'il lui empoigna le bras pour l'empêcher de fuir, ayant visiblement aperçu son regard de biche aux abois se diriger vers la seule issue de la pièce.

— Je ne ferais pas ça si j'étais vous ! gronda-t-il entre ses dents, en serrant davantage son bras.

Il lui faisait mal, mais Lizzie contint ses plaintes et le foudroya d'un regard farouche, tout en cherchant encore à lui échapper.

— Vous n'êtes pas moi ! Lâchez-moi ou je hurle, gronda-t-elle à son tour.

Le vieil homme sur le trône émit un petit ricanement, visiblement ravi du spectacle.

— Vous aussi sortez, mon oncle ! lui dit Alexander, sans même tourner la tête.

Les deux jeunes gens s'affrontèrent comme deux chats en colère prêts à se sauter à la gorge. Lizzie était plus petite qu'Alexander. Alors même qu'elle était de bonne taille, il lui fallait lever la tête pour le regarder dans les yeux. Mais aussi petite qu'elle soit, elle le brava avec tout le mépris dont elle était capable. Les yeux d'Alexander devinrent incandescents. Manifestement, cet affrontement n'était pas pour lui déplaire. Il cherchait à l'écraser de sa toute-puissance, ce qui ulcéra davantage la jeune femme.

— Hurlez tant qu'il vous plaira, Élisabeth. Personne ne viendra vous sauver.

Elle avait vu juste : il savait qui elle était. Il l'avait su dès qu'il avait posé les yeux sur elle.

Lizzie rua encore en cherchant à lui échapper, mais elle était impuissante face à sa poigne de fer. Alexander serrait maintenant tellement fort qu'il lui faisait atrocement mal. Elle retint un gémissement, mais ne put empêcher ses yeux de se mouiller de larmes. Il fronça les sourcils, mais alors qu'elle pensait qu'il aurait pitié d'elle et allait la relâcher, il l'entraina par le bras jusqu'à l'un des fauteuils, sur lequel il la fit tomber sans aucune douceur. Le trône était vide, le vieil homme avait déserté. Personne ne pouvait plus lui venir en aide, elle était totalement à la merci du laird des MacLeod.

— Vous n'avez pas le droit de me retenir contre mon gré ! s'offusqua-t-elle aussitôt en voulant sauter du siège.

Il l'en empêcha en posant les mains sur les accoudoirs, de part et d'autre de son corps, l'emprisonnant. Il se pencha sur elle. Lizzie recula, mais, bloquée par le haut dossier de bois, elle ne pouvait pas mettre suffisamment de distance entre eux pour ne pas ressentir son souffle chaud sur son visage. Elle se força à rester impassible alors que son cœur s'emballait douloureusement et, rassemblant tout son courage, elle plongea au fond de ses yeux. Des yeux d'un vert si intense, si limpide, qu'elle eut la sensation de se noyer. Ils étaient comme l'eau de certains lochs, à la fois transparents et glacés. Bien qu'en colère, elle ne put s'empêcher de fermer les paupières et de tourner la tête lorsqu'il s'avança encore, au plus près, pour gronder de nouveau :

— J'ai tous les droits. Je suis le laird de ce clan et vous êtes ici chez moi !

Son cœur battait la chamade. Il était bien trop près pour sa tranquillité. Elle pouvait percevoir son odeur, un mélange de tourbe, de sueur, de cuir, et loin de la rebuter, cette fragrance la bouleversa. Alors qu'elle était bien prête à le haïr pour ce qu'il lui imposait, comme elle avait haï son oncle et Campbell avant lui ! Malgré son courage et sa volonté farouche de ne pas le laisser avoir l'ascendant sur elle, Lizzie ne pouvait que s'avouer qu'il l'attirait comme jamais aucun autre homme avant lui.

Elle lui coula un regard en coin, murmura après avoir avalé sa salive difficilement tant sa gorge était serrée :

— J'ai sauvé votre frère, vous avez une dette envers moi !

— Certainement pas ! Ewen seul en est tributaire.

— Il est votre frère ! s'insurgea-t-elle. Il est de votre sang ! Cela ne compte donc pas ? La famille n'a-t-elle aucune importance à vos yeux ? Je comprends pourquoi vous n'avez pas de femme à vos côtés, vous n'êtes qu'un… qu'un rustre sans cœur !

Alexander se recula, visiblement surpris.

Une lueur de souffrance pure traversa son magnifique regard, si fugace que Lizzie pensa après coup l'avoir imaginée. Comme il prenait de la distance, elle en profita pour se redresser. Ils s'affrontèrent de nouveau, aucun des deux ne voulant s'avouer vaincu. Le regard d'Alexander se fit plus impitoyable encore et Lizzie se réjouit : elle avait touché un point sensible. Contre toute attente, elle n'en tira aucune fierté. Bien au contraire, la souffrance qu'il lui avait semblé apercevoir dans les sublimes yeux verts du laird l'avait troublée plus que de raison. Pourtant, elle ne pouvait se permettre d'être attendrie par cet homme. Il était son ennemi. Et à son expression, à la colère qui maintenant envahissait ses traits, elle comprit qu'elle était allée trop loin et qu'elle le regretterait amèrement. Cela ne manqua pas. Le regard d'Alexander devint froid et sans pitié en même temps qu'il hurla :

— Gardes !

Aussitôt, deux de ses hommes apparurent.

— Trouvez-lui une chambre ! Et restez devant sa porte ! ordonna-t-il.

— Je ne bougerai pas d'ici ! s'insurgea Lizzie. Vous n'avez aucun droit sur moi !

Alexander ne prit même pas la peine de lui répondre. Manifestement, il ne supportait plus sa présence et la voulait hors de sa vue. Il lui empoigna le bras et la poussa brutalement vers ses gardes qui aussitôt refermèrent leurs mains sur elle.

Elle était de nouveau prisonnière.

— Envoyez-lui Térésa ! Qu'elle s'occupe d'elle !

Lizzie tourna la tête pour l'affronter :

— Je n'ai besoin de personne !

— Faites ce que je vous dis ! ordonna Alexander à ses gardes, l'ignorant.

Sur ces mots, il leur tourna le dos et monta prendre possession de son trône, dans cette attitude rigide et dominante qui semblait être sa signature.

Leurs regards se croisèrent une dernière fois avant que Lizzie ne soit emmenée hors de la pièce. Elle aurait pu hurler, faire une scène de tous les diables, mais n'en fit rien, il y avait d'autres moyens de gagner une bataille et de dominer un homme.

Oui, aujourd'hui, Alexander MacLeod avait remporté une première bataille, mais il n'avait pas encore gagné la guerre.

Alexander regarda la silhouette d'Élisabeth s'éloigner et sourit.

Quel caractère !

Il savait qu'elle était belle, tous les hommes des Highlands le savaient et lui-même l'avait observée il y avait de cela plusieurs années lorsque le désir de l'enlever pour se venger de Georg MacDonald l'avait tiraillé, pour finalement renoncer : il aurait pu la tuer de ses propres mains dans un accès de rage. À cette époque, peu après que le MacDonald avait décimé son clan et tué son père, Alexander lui vouait une haine si farouche qu'elle l'étouffait. Oui, il aurait pu la tuer pour le punir, lui, pour lui prendre ce qu'il avait de plus précieux : son héritière. Sans elle, son immense domaine ainsi que sa fortune tomberaient entre des mains étrangères, ce que MacDonald ne souhaitait à aucun prix.

Déjà remarquable à quinze ans, la beauté de la jeune femme, présentement, était flamboyante. Quand il s'était approché d'elle pour la menacer, un désir irrépressible l'avait subitement saisi ; un désir aussi surprenant qu'inconfortable contre lequel il avait lutté de toutes ses forces, comme il avait lutté pour ne pas l'embrasser. Heureusement, elle était trop ingénue pour comprendre qu'il avait eu envie d'elle dès qu'il avait posé les yeux sur elle. Si elle avait baissé les siens vers ses chausses, elle aurait vu que son membre n'était pas insensible à ses charmes.

Alexander se passa les mains sur le visage, comme pour chasser les brumes d'un cauchemar.

Oui, il l'avait désirée, avec une telle puissance qu'il en était lui-même surpris. Mais quoi de plus naturel ? Il n'avait pas touché une femme depuis de longues années. Il pensait mort son désir pour les choses de la chair. Il ne pouvait que constater qu'il n'en était rien. Mais peu importait la puissance de ce désir, il allait lui falloir l'oublier ! Élisabeth MacDonald serait son instrument, le seul moyen de redonner à son clan sa prospérité d'antan, il n'était pas question de se laisser aller à d'autres sentiments. Il avait attendu ce moment depuis tellement d'années qu'il avait beaucoup de mal à réaliser ce qu'il avait désormais entre les mains, même s'il savait parfaitement qu'en faire.

— Amenez-moi mes frères ! ordonna-t-il à ses gardes, jamais très loin. Mon oncle ?

Angus MacLeod, le frère cadet de son père, sortit de derrière un rideau séparant la salle commune d'un étroit couloir menant aux cuisines – une idée de sa mère, Helen, morte peu de temps après avoir mis Ewen au monde. Afin d'avoir les cuisines à proximité. Son père avait été si détruit par la mort de son épouse bien-aimée qu'il n'avait jamais repris femme. Il l'avait chérie jusqu'à sa dernière heure, finalement heureux d'aller enfin la retrouver. Les hommes du clan MacLeod étaient des hommes fidèles aux femmes qu'ils aimaient.

Cinq longues années s'étaient écoulées depuis ce fameux jour à marquer d'une pierre noire qui avait bien failli les voir disparaître jusqu'au dernier, mais Alexander avait le sentiment qu'il s'était déroulé la veille ; son père lui manquait terriblement et il pensait à lui chaque jour, se demandant souvent ce qu'il ferait à sa place dans certaines circonstances. Malcolm MacLeod avait été un grand homme. Puis il y avait eu d'autres larmes, d'autres drames, dont certains l'avaient personnellement touché.

Angus s'assit sur le siège à haut dossier à la gauche de son laird, là où il s'installait toujours lorsqu'Alexander les réunissait pour un conciliabule familial.

— Jolie ! s'amusa son oncle en lui adressant un petit sourire de connivence.

Jolie ?

Élisabeth MacDonald était plus que cela. Elle avait ce petit quelque chose qui l'avait attiré au premier regard. Cette femme était capable de ranimer les désirs charnels de n'importe quel homme normalement constitué, même les plus farouchement hostiles, juste en les contemplant de ses magnifiques yeux en amande, sombres comme la nuit, mais d'une profondeur envoûtante. Alexander avait remarqué que ce sublime regard pouvait être d'une extrême douceur, comme quand elle avait contemplé Ewen, ce qui l'avait mis en colère, allez savoir pourquoi. Cette dernière demi-heure l'avait laissé comme assommé, il n'avait cessé de se battre contre des sentiments inappropriés et s'en sentait encore remué jusqu'à l'âme.

— Et d'un caractère enfiévré qui ne gâte rien ! Mais je plains son futur époux, continua le vieil homme.

— Oui, bon… là n'est pas le propos ! gronda Alexander. Que font-ils, sacrebleu ?

— C'est la perspective du mari qui te met dans cet état, neveu ? Il faut bien avouer qu'elle réveillerait un mort !

Alexander le toisa.

— Si vous n'avez que cela à dire, mon oncle, vous pouvez disposer !

Angus eut un petit rire.

Il n'était pas né de la dernière pluie et avait sa réponse. Il savait parfaitement ce qui tourmentait son neveu : la petite MacDonald l'avait envoûté dès qu'elle lui était apparue et qu'elle soit la nièce du pire ennemi du clan ainsi qu'une monnaie d'échange n'arrangeait pas les choses. Alexander ne devait pas succomber à l'attrait qu'il avait pour elle, qui pour le moment n'était que désir charnel, mais comment savoir comment les choses tourneraient s'ils passaient du temps ensemble. Il allait devoir le mettre en garde et lui conseiller de s'éloigner de la forteresse le plus souvent possible.

— J'aurais bien des choses à dire, neveu, répliqua-t-il en se redressant.

Ses reins le faisaient atrocement souffrir. Maudite soit cette infirmité qui le rendait sourd comme un pot et l'obligeait à se tenir voûté pour mieux entendre.

— Mais rien que tu ne saches déjà toi-même.

— Pardonnez-moi, mon oncle, lui dit Alexander d'une voix radoucie. Je ne voulais pas vous manquer de respect.

— Je le sais, neveu, comme je sais également ce qui te tracasse. Je suis là si tu as besoin de te confier.

Ce qu'il ne ferait jamais, Angus le savait parfaitement.

Alexander était un dur à cuire, mais même les durs à cuire avaient un cœur. Parfois même plus sensible et vrai que le commun des mortels. Angus lui devait la vie, comme presque tous les survivants du domaine. Alexander l'avait sauvé, ce jour-là ! Il l'avait mis en sûreté avec Ewen qui, du haut de ses quinze ans, voulait pourtant se battre. Lui-même ne le pouvait plus, à cause de cette surdité qui l'empêchait de s'orienter normalement et qui parfois lui faisait perdre l'équilibre comme s'il était ivre. Il avait voulu défendre sa famille, son clan, mais Alexander avait su trouver les mots et lui avait demandé de veiller sur son plus jeune frère comme sur la prunelle de ses yeux. Si lui-même mourait au combat, ainsi que son père et Craig, Ewen deviendrait le nouveau laird et il lui faudrait quelqu'un pour le guider. Puis il était parti au combat. Il avait mené ses maigres troupes d'une main de maître, s'était battu comme un forcené, et avait réussi à blesser le MacDonald dans un élan de fureur lorsque celui-ci avait tué son père. Les MacDonald avaient alors battu en retraite, emmenant avec eux leur chef qui saignait comme un goret d'une blessure qui lui avait presque coupé la jambe en deux. Malcolm MacLeod était mort dans les bras de son fils aîné, faisant de lui le nouveau maître d'HelenHall, du nom de leur forteresse.

— Je le ferai, mon oncle, je le ferai. Ah, les voilà enfin ! s'écria Alexander en se redressant.

Alexander observa ses frères alors qu'ils prenaient place près d'eux, Craig sur le second siège, à sa droite – en tant que son bras droit et son plus fidèle conseiller –, et Ewen sur le bout du banc le plus proche, après l'avoir fait glisser en faisant crisser les pieds en bois sur les dalles avec un bruit hautement désagréable.

Alexander fronça les sourcils et serra les dents, sa colère n'ayant pas tout à fait disparu. Il aimait son jeune frère de tout son cœur, mais parfois, sa désinvolture l'incommodait. Mais Ewen leur avait apporté aujourd'hui un inestimable butin, et Alexander lui en était reconnaissant.

Il s'adressa à lui :

— Raconte ! Sans rien omettre !

Son ton était bourru, comme à son habitude.

Ewen leva la tête et plongea les yeux dans les siens. Des yeux où se mêlaient respect et effronterie ; respect pour le laird, mâtiné d'une petite lueur frondeuse témoignant de sa détermination à prendre la défense d'Élisabeth, quitte à déclencher son courroux.

Avait-il déjà des sentiments pour elle, alors qu'il en aimait une autre ? se demanda Alexander. L'héritière MacDonald était certes d'une beauté saisissante, lui-même avait pu s'en rendre compte.

— Je me suis fait prendre par les MacDonald sitôt après avoir franchi la frontière, commença Ewen.

— Ça, je le sais, les hommes sont revenus sans toi. Mais ensuite ?

— Ensuite, ils m'ont emmené au fort MacDonald et traîné de force aux pieds du vieux Georg. Il y avait un homme avec lui, un homme qu'il voulait faire épouser à Lizzie.

Alexander haussa un sourcil.

— Lizzie ? Êtes-vous déjà si intimes ?

Il ne put empêcher la colère de refaire surface. L'idée même que son frère s'intéresse à Élisabeth le mettait en rage, contre toute raison. Cette femme n'était dans sa forteresse que depuis quelques minutes et déjà elle semait le désordre dans sa vie.

— Bien sûr que non, que vas-tu imaginer ? s'insurgea Ewen. Tu sais parfaitement pour qui bat mon cœur. Mais Lizzie m'a sauvée. Ils m'ont enfermé dans un cachot après m'avoir frappé pour que je leur révèle mon nom et les raisons de notre présence sur leurs terres.

— Qu'as-tu dit ?

— Que nous étions des Kinkaid en quête de bétail.

Pendant les raids qu'ils faisaient sur les terres MacDonald, ils avaient pour habitude de ne pas exhiber leurs couleurs pour que personne ne sache leur origine ni leurs intentions, aussi, il lui avait été aisé de mentir.

— Fort bien ! C'était finement joué, mon frère. Ils n'auront pas dans l'idée que nous la détenons, ce qui nous laisse l'avantage. Ensuite ?

— Je venais juste de m'endormir lorsque Lizzie m'a réveillé.

— Tu savais qui elle était ?

— Pas au début. Ce n'est que quand elle m'a révélé que son oncle voulait la marier de force que je l'ai compris.

— Tu as donc décidé de me l'amener ?

— Oui ! Que vas-tu faire d'elle ?

— Tu le sais parfaitement, Ewen !

— Je l'ai conduite ici pour que tu la protèges, Alexander ! s'écria Ewen. Pour qu'elle soit en sécurité ! Pas pour que tu la vendes ! Elle m'a sauvé d'une mort certaine, le MacDonald prévoyait de me pendre, les gardes me l'ont dit.

Ewen avait une dette envers Élisabeth, qu'il comptait honorer. C'était tout à son honneur, mais malheureusement, cela allait à l'encontre de ce qu'il avait décidé.

— Je ne peux pas passer à côté d'une telle aubaine, Ewen. Je sais que tu le comprends et que tu en ferais de même à ma place.

Pour la première fois de sa vie, Ewen le brava :

— Le MacDonald paiera, puis il la vendra à son tour à cet homme ! Il est vieux, Alexander, et il a tout l'air d'une brute !

Imaginer Élisabeth dans les bras d'un vieil ivrogne libidineux et cruel le rendit malade, mais sa décision était arrêtée : sitôt la rançon payée, elle repartirait chez elle et le plus tôt serait le mieux. Ce qui se passerait ensuite n'était pas son problème et il se refusa à s'appesantir sur le sujet.

— Je la sauverai ! Avec ou sans toi ! s'entêta Ewen.

Alexander soupira. Son jeune frère avait un tempérament enflammé, tout comme lui à son âge. Il comprenait son désir de s'acquitter d'une dette d'honneur envers Élisabeth qui l'avait sauvé de la potence, mais il ne pouvait lui permettre de s'engager seul dans cette voie au risque de se faire tuer.

— Ewen ! Il suffit ! le rabroua-t-il. N'oublie pas que tu parles à ton laird ! Je vous ai convoqués pour que nous discutions justement du problème.

— Lizzie n'est pas un problème ! s'écria encore Ewen, visiblement outré, en se plantant fermement devant lui. Elle est gentille et c'est la fille la plus courageuse que je connaisse. Si tu la vends à son oncle, je ne te le pardonnerai jamais !

Il donna un violent coup de pied dans le banc, l'envoyant au sol, et sortit de la pièce.

— Bon, voilà qui a le mérite d'être clair !

Alexander regarda Craig, son soutien de chaque instant. Il était le laird, mais Craig le secondait dans toutes ses décisions, qu'ils prenaient le plus souvent tous les quatre, chacun donnant sa vision de la situation. Il écoutait, puis tranchait, ou bien il soumettait au vote et l'unanimité l'emportait. Il avait charge d'âmes, il ne voulait pas commettre la moindre erreur et s'en mordre les doigts toute sa vie. Sous ses airs autoritaires, il était raisonnable. Enfin… la plupart du temps. Sauf depuis qu'une certaine beauté brune avait fait irruption dans sa vie sans y être invitée.

— Mon frère ? demanda-t-il, ayant retrouvé son aplomb.

— Je suis d'accord avec toi, c'est une aubaine ! Mais je pense que nous devrions prendre le temps de réfléchir à la question ainsi qu'à d'autres possibilités. Car dès que le MacDonald saura que nous détenons sa nièce, il risque de vouloir la récupérer sans rien payer ! Alors nous devrons nous apprêter à faire la guerre, et une autre question se pose : en avons-nous les moyens ?

Craig avait le don de mettre le doigt sur les problèmes et de les énoncer clairement ; sa vision des choses était souvent pragmatique, pour ne pas dire toujours.

— Mais… peut-être existe-t-il une autre solution… termina-t-il, réfléchi.

— Épouse-la toi-même ! lança Angus qui, tout âgé qu'il soit, avait encore l'esprit vif.

Alexander se leva d'un bond.

— Il n'en est pas question !

Ses frères et son oncle le regardèrent, chagrinés.

— Pourquoi ? demanda simplement Craig.

— Tu sais parfaitement pourquoi !

Son frère insista :

— Ce serait pourtant la meilleure…

— Le sujet est clos ! l'interrompit-il. Je sors, j'ai besoin d'air !

Il descendit de l'estrade, leur passa devant le nez et s'éloigna à grands pas, ignorant leurs regards médusés. Ils ne comprenaient pas sa réaction et à tout bien y réfléchir, lui non plus. Il n'avait plus qu'une idée en tête : s'éloigner de cette femme qui faisait renaître des pulsions oubliées. Mais aussi loin qu'il pourrait aller, il ne pouvait échapper à sa destinée : ils étaient liés désormais, et c'était uniquement sa faute. Il aurait dû la laisser s'en aller.

Avant de sortir de la salle, il se retourna vers Craig et Angus :

— Je vais envoyer une missive au MacDonald pour l'informer que je détiens sa nièce et pour lui demander une rançon mais nous devons nous préparer à la guerre, je doute qu'il y réponde favorablement.

Oui, ce serait la guerre. Et si c'était le cas, il n'était pas sûr qu'ils réussiraient à en ressortir vivants.

4

Sitôt le seuil de la grande pièce franchi, Lizzie demanda aux gardes de la lâcher en leur promettant de les suivre sans faire d'histoire. Ce qu'elle fit, elle n'avait qu'une parole ! Si elle devait rester parmi eux, autant qu'ils s'en rendent compte. Ils empruntèrent l'escalier menant au premier, longèrent le couloir en silence, puis l'un des gardes lui ouvrit une porte et l'invita à entrer. Il la referma sur elle, mais sans la verrouiller, se contentant certainement de surveiller la porte comme le laird leur avait ordonné.

Ses yeux balayèrent la pièce, de bonne dimension, et là encore d'une propreté irréprochable. Alexander avait visiblement une intendante qui veillait au grain. La demeure était peut-être à moitié délabrée et pauvrement meublée, mais ces meubles-ci étaient cossus et de bonne facture. Une vraie chambre de jeune femme, avec coiffeuse, tapis épais et lit à colonnes garni d'un édredon et d'oreillers moelleux. Était-ce dans cette chambre qu'Alexander logeait ses femmes ? Car vu son extrême beauté, Lizzie doutait qu'aucune ne partageât sa vie, au moins de temps à autre.

Elle traversa la pièce, laissa choir son maigre bagage et s'assit sur la couche. Elle se perdit dans d'intenses réflexions. Elle avait pris la bonne décision de ne pas se rebeller, à quoi bon s'épuiser pour rien, autant garder ses forces pour les combats qu'elle s'apprêtait à mener contre le si séduisant laird Alexander MacLeod !

Elle savait ce qu'il allait faire : demander une rançon exorbitante à son oncle qui s'empresserait de payer pour mieux la jeter ensuite dans les bras de son immonde complice, Dougal Campbell, et récupérer sa mise. Il ne fallait pas que cela arrive, sous aucun prétexte, mais comment l'éviter ? L'argent permettrait à Alexander de nourrir son clan et de réparer les bâtiments. Il en avait besoin. Un besoin vital. Au fond de son cœur, elle le comprenait ; il ne pouvait ignorer l'aubaine de l'avoir sous son toit. Un incroyable concours de circonstances venait de la lui livrer sur un plateau, mais elle se savait prête à tous les sacrifices pour ne pas retomber entre les mains des deux hommes qu'elle exécrait aujourd'hui de toutes ses forces : son oncle et Campbell. Elle était résolue à tout tenter. Tout ! Même à se traîner aux pieds de MacLeod pour qu'il ne la rende pas à ces hommes qui lui voulaient du mal. Ou cela en serait fini de sa vie. Elle n'aurait plus qu'à y mettre un terme, elle choisirait la mort plutôt que laisser ce sale porc de Campbell la toucher. Peut-être arriverait-elle à attendrir Alexander ? Rien n'était moins sûr, mais elle pouvait tout de même essayer.

Elle repensa à cette grande souffrance qu'elle avait vue dans son regard lorsqu'elle lui avait balancé en plein visage qu'elle le pensait incapable d'aimer qui que ce soit. Elle avait sorti cela sans véritablement réfléchir, sans imaginer une seule seconde qu'elle avait vu juste. Et cette colère… Elle en avait encore des frissons sur tout le corps. Mais d'autres la dérangeaient : ceux qu'elle avait sentis tout à l'intérieur d'elle-même, dans son ventre et jusqu'à l'intérieur de son intimité. Pour la toute première fois de sa vie, elle avait ressenti quelque chose, *là*… Comment cela était-il possible ? Alors qu'elle le détestait ? Comment son corps pouvait-il la trahir de la sorte ? Comme s'il décidait seul de ce qu'il voulait, et non sa tête. C'était à n'y rien comprendre ! Ne pouvait-on commander ses émois ? Elle n'en savait rien ! Jamais elle ne s'était retrouvée dans une telle situation, jamais aucun homme ne lui avait plu à ce point ni n'avait suscité ce genre d'intérêt chez elle.

Elle leva la tête en entendant frapper à la porte et permit à la personne d'entrer, s'attendant contre toute raison à voir apparaître le beau laird avec dans l'idée de s'excuser, mais elle rêvait, ce n'était certainement pas dans ses habitudes. Elle ne fut donc pas surprise de voir pénétrer dans la pièce une femme d'âge mûr, les cheveux gris ramenés en un épais chignon sur la nuque, toute vêtue de noir avec un tablier blanc ceignant ses hanches épaisses. Elle s'inclina avec un respectueux « Ma dame ! », puis maintint la porte ouverte pour laisser entrer des chambrières qui déposèrent un cuvier au centre de la pièce, qu'elles recouvrirent d'un drap blanc et remplirent d'eau chaude. Après qu'elles eurent également déposé des linges ainsi qu'un pain de savon noir sur la cuve et se furent éclipsées discrètement, Térésa – Lizzie avait retenu le prénom donné par le laird – lui sourit gentiment, tout en fronçant les sourcils.

— Ces maudits gardes n'auraient pas dû vous installer dans cette chambre, pesta-t-elle. Peu importe ! Bienvenue chez nous, ma dame, enchaina-t-elle. Je me prénomme Térésa et je suis l'intendante de cette maison. Le laird m'a demandé de vous préparer pour le souper qui sera servi à dix-huit heures comme tous les soirs, ce qui nous laisse une petite heure pour vous faire belle.

Lizzie voulut lui demander si c'étaient là les ordres du laird auquel cas elle lui rétorquerait qu'elle n'avait aucune envie de se faire belle pour son geôlier, mais se ravisa : mieux valait se battre avec les bonnes armes, et se mettre en valeur et user de ses charmes pour l'amadouer en faisaient malheureusement partie. Elle ferait avec ce que la nature lui avait donné ! De plus, cette femme, avec son air avenant et sa bonhomie naturelle, lui plaisait ; elle n'avait pas à faire les frais du caractère irascible et détestable de son maître si elle-même refusait d'obtempérer.

Aussi, elle se leva docilement.

— C'est très aimable à vous, Térésa, un bon bain sera le bienvenu et permettra peut-être que je me détende en plus d'avoir le mérite d'enlever la poussière du chemin.

— Avez-vous une tenue adéquate ?

Lizzie sortit ses robes de sa besace, les posa sur le lit. Térésa vint se placer à côté d'elle et elles les examinèrent ensemble. Lizzie fit une grimace : elles étaient en piteux état. L'intendante s'empara de celle d'un rouge flamboyant ornée de crevés dorés aux manches et serrée sous la poitrine. Lizzie savait que cette tenue la mettait en valeur. À chaque fois qu'elle la portait, les amis de son oncle – quel que soit leur âge – lorgnaient dans son décolleté. Elle avait la chance d'avoir une peau laiteuse sans aucun défaut et un grain de beauté au-dessus de son sein gauche attirait les regards et les rendait fous. Elle espéra qu'il en serait de même pour le laird.

— Celle-ci fera l'affaire ! décréta Térésa. Elle est superbe. Je reviens. En attendant, déshabillez-vous et entrez dans l'eau.

La matrone tourna les talons et sortit de la pièce, la laissant seule.

Lizzie ne perdit pas de temps ; le bain l'appelait. Elle se dévêtit entièrement et se plongea dans l'eau avec délice. Elle se laissa glisser au fond de la cuve, la tête sous l'eau, et y demeura, les yeux fermés, les bras remontant à la surface. Son corps, porté par l'eau fumante, se fit aussi léger qu'une plume. Cela lui rappela lorsqu'elle s'amusait à se coucher sur la surface du loch, il n'y avait pas si longtemps encore. Elle n'était partie de sa maison que depuis trois jours à peine, mais elle avait l'impression qu'une éternité s'était écoulée et malheureusement, le sentiment d'intense liberté qui l'avait saisie au moment de se lancer dans la nuit sur le dos de Vol-au-vent, installée contre Ewen, n'était plus qu'un lointain souvenir. Cette liberté, ces rêves d'aventure, quelqu'un s'était chargé de les faire voler en éclat : Alexander MacLeod ! Et elle lui en voulait pour ça ! Cet homme avait tué dans l'œuf ses désirs intimes de faire quelque chose de sa vie sans être sous la coupe d'un homme et de choisir seule son destin. Pendant le temps qu'avait duré leur fuite, elle s'était laissé aller à rêver à d'autres contrées ; il y avait tellement de lieux à visiter, les colporteurs lui avaient parlé de la France, de l'Espagne et même de Venise. Comme elle aurait voulu découvrir ces pays… Au lieu de cela, elle était de nouveau enfermée et à la merci d'un homme. D'accord, il était beau à se damner, mais l'appât du gain serait plus fort que tout le reste et nécessité ferait loi : Alexander avait vraiment besoin d'argent et il allait la vendre sans s'encombrer de scrupules ! Elle n'était qu'une vulgaire monnaie d'échange à ses yeux. Pourtant, il l'avait regardée avec une telle intensité qu'elle avait cru, l'espace d'une seconde, être à son goût. Elle avait eu la sensation qu'il l'avait désirée comme un homme désire une femme, puis il s'était mis en colère, et alors, son regard si merveilleusement lumineux était devenu aussi sombre qu'un ciel d'orage.

Soudain, elle ouvrit la bouche de surprise et but la tasse lorsque des mains robustes la tirèrent hors de l'eau.

— Mon Dieu, ma pauvre enfant, qu'alliez-vous faire ?

Lizzie repoussa ses cheveux trempés et toussa à s'en écorcher la gorge.

— Il y a toujours des solutions, reprit Térésa en lui essuyant le visage avec un linge plié. Même aux problèmes en apparence inextricables ! Oh… ma pauvre enfant, dit-elle une nouvelle fois, proche des larmes.

Térésa était volubile et Lizzie comprit qu'elle parlait vite et beaucoup pour soulager ses tensions ; elle avait eu peur.

— La mort n'est pas une belle chose, vous savez… mais je pense que vous le savez… vous savez certainement aussi que Dieu punit ceux qui ont renoncé à vivre pour fuir leur destin. Se donner la mort est un péché !

Lorsque Lizzie réussit à reprendre son souffle, elle prit les mains de l'intendante – qui s'acharnait à lui bouchonner le visage avec nervosité – pour la calmer et lui sourit, vaguement contrite de la voir se mettre dans un tel état d'inquiétude pour elle. Jamais personne ne lui avait témoigné tendresse et affection comme aurait pu le faire une mère – sauf Jeanie, mais bien furtivement et bien tardivement – et elle en avait manqué toute sa vie. Elle avait été élevée comme un petit animal de décoration, son oncle était fier d'elle parce qu'elle était une enfant jolie et intelligente, puis une belle jeune femme qu'il aimait exhiber. Elle venait de prendre conscience que c'était pour la vendre au plus offrant, certes en donnant son domaine en échange, mais le résultat était là : il voulait l'utiliser pour augmenter son propre pouvoir. Aussi, l'attention de Térésa la touchait. Plus qu'elle ne saurait le dire.

— Je ne voulais pas me tuer, Térésa, je vous assure, lui dit-elle calmement, la gorgée serrée.

Térésa la regarda intensément.

— Vous êtes en sécurité ici, Élisabeth, je vous le répète. Personne ne vous fera de mal, j'y veillerai.

— Je le sais, Térésa, et je vous en remercie. Mais votre maître va me vendre à mon oncle et…

Malgré toute sa volonté et sa force de caractère, Lizzie fut incapable de continuer. Ses nerfs lâchaient. Sans doute l'eau chaude l'avait-elle rendue aussi mollassonne qu'une chique.

— Je lui parlerai. J'étais sa nourrice, il m'écoutera, il m'a toujours écoutée, ajouta l'intendante avant de s'emparer du pain de savon avec lequel elle lui frotta vigoureusement le dos.

Décidément, cette femme avait une grande vivacité.

Lizzie, penchée en avant, laissa faire les mains expertes qui la sortirent de sa torpeur. Quand Térésa lui prit un bras pour le laver, toujours aussi vigoureusement, elle la regarda au fond des yeux.

— Parlez-moi de lui…

Elle ne savait si Térésa était prête à révéler les secrets de son maître, mais comme il s'avérait que cette dernière était visiblement bavarde, elle l'espérait. Elle avait également l'intuition que Térésa était très attachée à son maître qu'elle avait, selon ses dires, élevé. Et… Alexander l'intriguait, ce qu'elle avait cru voir dans ses prunelles également et elle voulait en savoir davantage sur lui.

— Je ne crois pas qu'il serait très heureux que je le fasse.

Son cœur s'emballa.

— Cette conversation restera entre nous, Térésa, je vous le promets.

L'intendante lui fit un large sourire.

— Parlez-moi plutôt de vous ! éluda-t-elle. Vous avez sauvé mon cher Ewen, à ce qu'il paraît ? Il ne tarit pas d'éloges à votre propos, ce qui rend Katel…

Elle s'interrompit, visiblement mal à l'aise.

Lizzie était déçue de ne pas avoir tout de suite réponses à ses questionnements, mais Térésa lui livrerait tôt ou tard ce qu'elle voulait sans même s'en rendre compte, et sans doute réussirait-elle à lire entre les lignes.

— La jeune femme très blonde et très jolie qui l'a accueilli à notre arrivée en criant son nom ?

— C'est ma petite-fille.

Oh... elle comprit l'embarras de Térésa.

— Elle est la plus jolie jeune femme que j'aie jamais vue, Térésa, vous pouvez être fière d'elle.

— Je le suis, car en plus d'être jolie comme vous dites, elle est gentille et dévouée. Une vraie crème. Mais hélas, le laird ne permettra jamais que ces deux-là se marient.

Le cœur de Lizzie s'emplit aussitôt de peine pour Ewen.

— Mais pourquoi ? S'ils s'aiment ?

— Le laird a d'autres vœux pour ses frères. Ils doivent épouser des filles d'autres clans pour créer des alliances. Ainsi va la vie. Katel le sait, et en souffre. Comme Ewen…

— Ses frères, dites-vous ? Le laird a un autre frère ?

Térésa éclata de rire.

— Craig ! Celui-ci, il n'est pas près de se marier !

— Pourquoi ? demanda Lizzie, de plus en plus intéressée par les frères MacLeod.

— Parce qu'il aime trop s'amuser pour vouloir renoncer à sa liberté, répondit Térésa après avoir repris son sérieux. Craig ne sera jamais l'homme d'une seule femme. Pour le moment, il refuse toutes les propositions de mariage que le laird lui trouve, mais un jour, il sera bien obligé d'accepter.

— Ou alors, il trouvera lui-même la femme de ses rêves.

— Peut-être. Qui sait ce que nous réserve l'avenir.

Térésa s'attaqua à l'autre bras. Lizzie serait bientôt aussi propre qu'un sou neuf, avec la peau douce comme celle d'une pêche.

— Vous les aimez, n'est-ce pas ?

— Comme s'ils étaient mes propres enfants… Je les ai élevés tous les trois. Helen, leur mère, avait entière confiance en moi.

— Combien avez-vous d'enfants, Térésa ?

— Donnez-moi votre jambe, je vous prie, ordonna gentiment la matrone, ignorant purement et simplement la question.

Lizzie se cala contre le cuvier et fit ce qu'elle lui demandait. Térésa s'empara de son pied qu'elle entreprit de frotter, comme le reste.

— J'avais un fils, reprit-elle ensuite alors que Lizzie pensait qu'elle ne répondrait pas. Le père de Katel. Il est mort, malheureusement. Voir son fils mourir est le pire drame dans la vie d'une femme.

Lizzie en eut les larmes aux yeux.

— Oh… je suis désolée…

— Ce sont les MacDonald qui l'ont tué, quand ils sont venus pour nous exterminer et nous prendre tout ce que vous avions.

Lizzie se sentit soudain très mal.

— Je… je ne savais pas… s'excusa-t-elle. J'en suis d'autant plus désolée. Vous auriez raison de me détester alors, car je suis la nièce de Georg MacDonald.

— Ça, je le sais bien, ma belle ! répondit Térésa après un soupir à fendre l'âme. Le maître me l'a révélé quand il est venu m'expliquer plus en détail la situation.

Lizzie comprenait pourquoi : c'était pour la ménager et la préparer à s'occuper de la nièce du meurtrier de son fils. L'attention était bonne. Manifestement, Alexander était protecteur avec les membres de son clan.

Peut-être avait-il un cœur, finalement…

Térésa lui jeta un petit coup d'œil.

— Vous n'êtes pour rien dans la folie de certains hommes, reprit Térésa, et quand on voit quelle charmante jeune femme vous êtes, il est impossible de vous détester. Vous avez bon fond, en plus d'être adorable. Et entre les MacDonald et les MacLeod, c'est une longue histoire, soupira-t-elle, qui remonte à des temps très anciens quand l'ancêtre de votre oncle s'était mis en tête de prendre nos terres pour agrandir son territoire. Ce que personne n'a réussi à faire jusque-là ! Nous sommes pauvres, mais nos terres sont de bonnes terres, et surtout, elles se trouvent entre celles des MacDonald et celles des Kinkaid, que votre oncle veut également. Je prie souvent pour que nos hommes aient le courage de se battre, mais j'ai bien conscience qu'un jour viendra où nous serons exterminés. Nous sommes encore trop peu, aussi valeureux que nous soyons.

Lizzie se rembrunit : ainsi, elle n'était pas qu'une monnaie d'échange, elle était aussi la nièce de l'homme que tout le clan MacLeod exécrait et considérait comme la menace suprême.

— Je n'ai jamais été très au fait des désirs de mon oncle. Peu de choses, finalement, me revenaient aux oreilles, sauf ce que les servantes disaient entre elles, pensant que je ne les entendais pas. Il y a eu une grande bataille, c'est cela ? demanda-t-elle doucement.

— Oui, mon enfant. Il y a cinq ans. Nous avons tous failli mourir ce jour-là. Heureusement, Alexander nous a mis en sûreté dans le souterrain avant d'aller se battre. Il n'avait que vingt ans, mais c'était déjà un fameux guerrier. Il n'avait peur de rien à l'époque, il se croyait invincible et pensait que la vie lui sourirait éternellement, ajouta-t-elle, comme plongée dans de douloureux souvenirs. C'est ce jour qu'il est devenu laird, après que votre oncle a tué son père.

— Mon Dieu… mais… ça aussi, je l'ignorais !

Ce qui voulait dire que la rancœur d'Alexander contre sa famille allait certainement bien au-delà que ce qu'elle imaginait ; ce n'était pas qu'une question d'argent, mais aussi de vengeance dont elle serait l'instrument. Son cœur se serra d'appréhension. Qu'avait-il prévu pour elle ? Que comptait-il faire d'elle ? La rançon qu'il demanderait serait exorbitante pour tenter de ruiner son oncle, mais si les choses venaient à mal tourner ? Si son oncle les attaquait pour ne rien payer ? C'était une possibilité, il pourrait s'allier avec Campbell, et à eux deux exterminer le clan MacLeod.

Mon Dieu, elle ne voulait pas être la raison d'un massacre.

Il fallait qu'elle parle à Alexander. Au plus vite. Même si elle ne doutait pas qu'il avait certainement lui aussi envisagé cette possibilité. Il lui avait semblé intelligent. En plus du reste…

— Ne vous en faites pas ! reprit Térésa, voyant son visage bouleversé. Notre laird sait faire la part des choses. La guerre n'est pas une histoire de femmes.

Lizzie laissa Térésa lui laver l'autre jambe, perdue dans ses sombres pensées, puis prit le pain de savon qu'elle lui tendait. Elle n'était pas tout à fait d'accord avec cela : la guerre n'était peut-être pas une histoire de femmes, mais hélas, elles en faisaient bien souvent les frais. Lors des massacres entre clans, elles étaient tuées après avoir été violées ou bien enfermées pour servir de jouets aux hommes.

Sous l'incitation des mains vigoureuses, mais étonnamment douces, Lizzie inclina la tête en arrière pour que Térésa s'occupe de sa chevelure.

— Sans doute, répondit-elle pourtant, ne voulant pas s'engager plus avant sur le sujet. Mais une partie de lui me déteste certainement pour ce que je représente. Tout comme beaucoup d'entre vous, je suppose. Mon oncle a tué votre fils, Térésa…

Lizzie avait la gorge serrée en pensant à ce qu'il avait fait à ce clan. C'était la guerre, il en allait ainsi depuis la nuit des temps, mais pourquoi certains hommes voulaient-ils posséder toujours plus de terres ? Elle connaissait la réponse : pour plus de ressources, plus d'argent, et plus de pouvoir ! Voilà l'ambition de certains hommes dont Georg faisait partie ; ce dernier n'en avait jamais assez ! Il voulait toujours plus ! Elle se serait laissé aller à pleurer si elle avait été seule. Mais elle ne l'était pas et elle avait encore des questions.

— Ainsi, votre maître est devenu laird à vingt ans ?

— Tout à fait…

— Et sa mère ?

— Elle est morte quelques heures après avoir mis Ewen au monde. Comme ma belle-fille. Comme…

Elle se racla la gorge.

— Enfanter est périlleux, énonça-t-elle, comme une évidence.

Hélas… nombre de malheureuses mouraient en couche ou des suites de couches, Lizzie avait pu le remarquer. Il en était ainsi également dans son propre clan, même s'il possédait une guérisseuse, une vieille femme qui faisait peur à Lizzie lorsqu'elle était enfant, mais à qui elle devait la vie sauve, car elle l'avait garantie du mal des ardents qui avait emporté ses parents. La guérisseuse avait également aidé son oncle à guérir de sa blessure à la jambe sans trop de suites, avait-elle entendu à l'époque.

Térésa lui rinça les cheveux à l'eau claire, et après que Lizzie se fut elle-même lavé le reste du corps, elle l'invita à se mettre debout pour la rincer entièrement. Lizzie sortit de l'eau. L'air de la pièce, relativement cru malgré les vapeurs du bain, fit darder les pointes de ses seins menus. Elle poussa un petit cri de surprise lorsque la porte s'ouvrit à la volée sur le maître des lieux, replia ses bras sur sa poitrine et l'une de ses jambes pour cacher sa féminité, tout en s'efforçant de rester digne et droite. Elle l'assassina du regard, mais ne put échapper à celui d'Alexander qui lui, semblait transformé en statue. Un regard intense. Si intense qu'elle se sentit rougir jusqu'à la racine des cheveux alors qu'un frisson lui courait le long de l'échine. Le temps sembla suspendre son cours. La lueur dévorante du regard du laird alluma de nouveau cet étrange ressenti dans le bas de son ventre, comme si… oui, comme si cette partie de son corps désirait cet homme. Ardemment. Plus que tout. Lizzie était incapable de faire un geste de plus tant cet émoi avait raison de toute volonté. Elle ne le défia pas, resta juste là, étonnée, fascinée, avec une extrême conscience de ce qu'il se passait entre ses cuisses. Quelque chose d'incroyablement bon et doux avait pris naissance tout à l'intérieur de sa féminité. Quelque chose à laquelle elle ne pouvait ni ne voulait résister ni se soustraire. Au contraire, elle voulait que cela dure, et dure encore, tellement c'était bon. Son sexe devint humide et presque douloureux sous ce regard viril qui l'observait maintenant sans aucune retenue.

— Alexander ! tonna la voix de Térésa, les faisant l'un et l'autre sortir de cette sorte de fascination où ils s'étaient rejoints.

L'intendante tendit à bout de bras le linge qui lui servirait à essuyer Lizzie, mais Alexander ne bougea pas pour autant. Il était presque haletant. Ses yeux ne quittaient pas ceux de la jeune femme. Il lui montrait sans aucun fard la puissance de son désir. Un désir auquel elle répondait avec la même force, la même violence, et qui semblait les bouleverser autant l'un que l'autre.

— Alexander ! réitéra Térésa, les sourcils froncés.

Le laird tourna les talons et sortit de la pièce en claquant violemment la porte derrière lui.

— Ne vous excusez pas surtout ! lui cria Lizzie, reprenant son sang-froid. Non, mais quel malotru ! ne put-elle s'empêcher de dire à Térésa tant elle fulminait maintenant de s'être laissée prendre au piège du regard de cet homme. Est-il toujours ainsi ?

— Non, il n'était pas comme ça avant, répondit Térésa, visiblement émue. Il est devenu taciturne depuis qu'il a perdu sa femme. Et son bébé. En plus d'être constamment en colère contre le monde entier. De plus, les gardes ont fait l'erreur de vous installer dans *sa* chambre.

Oh non... et elle qui s'était gaussée de lui alors que sa femme était morte en couches... il ne le lui pardonnerait jamais...

Une vague de compassion pour cet homme qui avait tout perdu la submergea. Elle comprit sa souffrance et ne put se défendre de la ressentir au plus profond de son cœur. Il avait dû tellement souffrir, et il souffrait encore, c'était indéniable. Et malgré ses blessures personnelles, il devait faire face à ses obligations de laird, il était normal qu'il se montre intransigeant et intraitable. Elle comprit également mieux pourquoi il se mettait en colère si soudainement, semblant à tout moment sur le point de céder à de violentes impulsions.

Elle leva les bras au-dessus de la tête, laissa Térésa l'envelopper dans le drap de lin lourd comme le diable et sortit du cuvier. Térésa lui frictionna le corps, puis l'aida à enfiler sa robe. Lizzie renonça à attacher son couteau contre sa cuisse. Elle avait peut-être de nouveau perdu sa liberté, mais elle était en sécurité. Ici, personne ne lui ferait de mal. La seule chose qu'elle redoutait maintenant, c'était se retrouver sous le feu du regard d'Alexander MacLeod, tout en l'espérant. De cela, de son propre désir, aucun couteau ne pouvait l'en protéger.

Elle déplaça la masse de ses cheveux sur l'une de ses épaules et se tourna pour que Térésa noue les lacets de la robe dans son dos. Quand ce fut fait, obéissant à l'intendante comme si elle avait perdu toute volonté propre, elle s'installa devant la coiffeuse. Térésa frotta la longue chevelure avec un linge puis entreprit de les démêler. Lizzie demeura silencieuse, même si elle brûlait d'en apprendre plus sur les circonstances de la mort de la femme d'Alexander, mais elle ne voulut pas attrister davantage la brave femme avec d'autres souvenirs d'un passé douloureux. Elle regarda dans le miroir, un ovale d'étain poli, et eut une autre vision de la chambre.

Ainsi, c'était *sa* chambre ?

Elle était belle. Une vraie chambre de princesse. Les tapis et les tissus des tentures étaient épais et donnaient à la pièce une ambiance chaleureuse. Et il y régnait une bonne odeur de fleurs des champs. Lizzie avisa un bouquet posé à plat sur une petite table près de la croisée. Est-ce Térésa qui plaçait ces fleurs à cet endroit, ou Alexander lui-même ?

Lizzie se demanda soudain depuis combien de temps sa femme était morte. Avant ou après la bataille contre son oncle ? Certainement après. Il avait vingt ans au moment de l'affrontement et il s'était montré si brave pendant la bataille que ses hauts faits avaient traversé les Highlands, forgeant sa réputation de valeureux guerrier. Il était presque devenu une légende du jour au lendemain, et avait alors été surnommé le « jeune loup d'HelenHall ».

Le loup…

Cela lui allait si bien. Lizzie avait eu l'impression, tout à l'heure, qu'il était prêt à fondre sur elle pour la dévorer. Dieu seul savait ce qu'il se serait passé si Térésa n'avait pas été présente. Se serait-il jeté sur elle pour la faire sienne ? Et pour… la posséder comme un homme possédait une femme ? Oh Seigneur… À cette évocation, le désir charnel renaquit entre ses cuisses. Un désir qu'elle devrait faire taire avant de revoir le beau highlander ou elle irait au-devant d'ennuis dont elle n'avait nul besoin. Elle voulait l'amadouer et le convaincre de la protéger, mais elle n'était pas pour autant prête à succomber à ce qu'elle ressentait elle-même pour cet homme séduisant qu'était le laird de ce domaine. Elle se devait de résister de toutes ses forces à cet élan des sens ou elle était perdue, car il était certain que lui la haïssait pour ce qu'elle était et ce qu'elle lui rappelait, même si son corps la désirait.

Pendant le temps que dura le coiffage, le beau laird ne quitta pas une seule seconde ses pensées.

— Voilà ! Cela vous convient-il, ma dame ?

Lizzie se mira. Térésa avait fait des merveilles. Sa longue chevelure brune était brillante et soyeuse. L'intendante avait tressé quelques mèches sur les côtés, qu'elle avait nouées à l'arrière avec un lien de la couleur de la robe. Où l'avait-elle trouvé ? S'était-elle absentée ? Auquel cas, Lizzie ne s'était rendu compte de rien, tant elle était absorbée par le souvenir de l'intrusion du laird, et par les questionnements que cette dernière avait soulevés. Elle espérait que ce lien n'appartenait pas à feu l'épouse d'Alexander, mais elle supposa que Térésa n'aurait pas eu cette indélicatesse.

Elle croisa le regard de l'intendante dans le miroir.

— C'est parfait, Térésa !

Elle avait l'air d'une toute jeune fille coiffée ainsi, ce qui lui allait parfaitement. Alexander ne se méfierait pas, il la croirait innocente et sans doute baisserait-il sa garde. Alors… elle en profiterait.

5

Alexander, tout en dominant de sa présence la grande table autour de laquelle se réunissaient les hommes les plus éminents du clan pour le souper, ne décolérait pas. Pourquoi était-il entré dans cette chambre ? Pourquoi ses gardes l'avaient-ils installée justement là où il avait interdit à quiconque de pénétrer ? Il avait parfois l'impression de s'adresser à des murs, et d'être le seul à s'épuiser pour que tout fonctionne à peu près bien dans cette maison ainsi que sur le reste du domaine. Ce qui, il en convenait, était faux : Craig l'aidait et le secondait autant que possible. En plus, il avait fallu qu'il la surprenne nue ! Comme si le fait qu'elle soit dans la chambre que sa femme occupait lorsqu'elle résidait à HelenHall avant leur mariage ne suffisait pas !

Il revit en pensée sa peau, si claire et délicate qu'elle lui avait paru transparente, sa poitrine menue qu'elle avait pudiquement cachée, son grain de beauté juste au-dessus du sein gauche, son ventre, ses cuisses... La diablesse avait un corps appétissant, et soudain, il se vit caresser ses seins et empoigner ses hanches pour la faire aller et venir sur son membre qui gonfla de désir à cette idée.

Il prit conscience que tous, autour de la table, s'étaient arrêtés de parler. Il leva les yeux de son écuelle et vit qu'ils regardaient l'entrée de la pièce, où était apparue la jeune femme, encadrée de ses deux gardes. Il avala sa salive avec difficulté. Dans cette robe rouge sang aux crevés or qui dégageait sa gorge et mettait en valeur son buste d'une attirante finesse, elle était magnifique. La plus belle femme qu'il lui avait été donné de voir depuis longtemps. Il aurait dû se lever, mais ne le pouvait ou chacun pourrait voir qu'il la désirait. Au-delà de toute raison, et contre toute raison !

Qu'était-il en train de faire, bon sang !

Elle était une MacDonald !

Personne ne devait se rendre compte de son intérêt et de sa faiblesse pour cette femme.

Il eut un mouvement de la main, lâcha sèchement :

— Damoiselle MacDonald. Nous ne vous attendions plus ! Prenez donc place !

Il la rabaissait au rang de jouvencelle insignifiante tout en la rabrouant pour son retard mais il ne pouvait se retrancher que derrière la colère et le dédain pour se protéger de la violence de son attrait pour elle. Un attrait qui le bouleversait, en plus de le rendre furieux, car il avait le sentiment de trahir le souvenir de sa femme en en désirant une autre, d'un clan ennemi qui plus est. Même si son oncle, tout comme Térésa, le pressait de reprendre une épouse. Ce n'était bon pour aucun homme de vivre seul, d'autant qu'il n'avait que vingt-cinq ans ! Il lui fallait un héritier ! Ils avaient raison, bien sûr ! Évidemment, son corps avait des besoins, qu'il se contentait d'assouvir avec sa main, mais de moins en moins fréquemment depuis quelques mois. Il avait bien d'autres soucis en tête que la jouissance physique. Il se sentait peut-être seul à en crever et aucun corps accueillant ne le réchauffait la nuit, mais nulle autre femme n'avait su attiser son désir.

Jusqu'à ce jour.

Un éclair de colère au moins aussi intense que la sienne traversa les prunelles de sa prisonnière, mais elle la maîtrisa avec art et redevint impassible. Du moins en apparence, car à l'intérieur d'elle-même, elle continuait à fulminer, il le voyait. Elle lui fit même un sourire engageant, bien que quelque peu sarcastique. Elle savait visiblement à quoi s'en tenir le concernant, elle avait compris son désir et l'avait partagé, là encore avec la même intensité ; il lui faudrait dorénavant être vigilant ou cette donzelle aurait raison de sa détermination.

— Pardonnez mon retard, laird. Je serai plus vigilante la prochaine fois.

Elle s'excusait sans s'excuser, du ton sec de ceux habitués à donner des ordres et à être écoutés sur-le-champ. Elle parcourut la tablée du regard, se laissant admirer. Alexander vit que tous la dévoraient des yeux, la bouche ouverte. À croire qu'ils n'avaient pas contemplé de femmes depuis des mois ! Il devait cependant reconnaître qu'elle était envoûtante et qu'être une MacDonald, *la* MacDonald, lui conférait un pouvoir d'attirance certain. Non seulement elle était belle à faire se damner tous les saints, mais elle était la fille la plus en vue des Highlands. Celle que chaque homme rêvait d'épouser pour devenir, à la mort du vieux Georg, riche et puissant. Lui ne voulait que l'argent, le reste ne l'intéressait pas.

Voyant qu'Ewen libérait une place en poussant un cousin assis à ses côtés, Élisabeth se dirigea vers lui avec une attitude hautaine. Elle sourit à Ewen, se saisit même de la main qu'il lui tendait pour enjamber le banc tout en soulevant sa robe d'un geste gracieux. Elle lui lança un regard de défi avant de s'asseoir, et il eut le temps d'apercevoir ses merveilleuses prunelles mordorées avant qu'elle ne reporte son attention sur son jeune frère, à qui elle sourit davantage encore, comme pour le narguer.

Cette diablesse allait le rendre fou !

Il but son gobelet de bière d'un trait et attaqua son écuelle qu'une femme de salle venait de remplir de chou et de lard. Il répondit vaguement aux questions que lui posèrent Craig et Angus, ne pouvant s'empêcher d'observer sans cesse Ewen et Élisabeth discourir, comme s'ils étaient déjà les meilleurs amis du monde. Il mangea peu, but trop, comme à son habitude. Le soir, ses démons le rattrapaient entrainant une peine si immense qu'il lui fallait parfois des tonneaux de bière pour en venir à bout, et quand ce n'était pas le cas, il descendait des pichets de whisky, seul dans sa chambre, jusqu'à ce qu'il s'écroule par terre. Angus et Térésa le mettaient au lit quand il en était incapable. Au réveil, la peine et le chagrin refaisaient surface et il s'abrutissait dans le travail pour ne pas trop penser. La colère qu'il ressentait en permanence lui donnait les forces nécessaires, mais jusqu'à quand ? Certaines nuits, quand la solitude et le manque de sa femme et de son bébé le faisaient pleurer comme un enfant, il avait presque envie que tout s'arrête pour ne plus souffrir.

Il se cala contre le dossier de son fauteuil et, tout en buvant sa bière par petites gorgées, il observa encore Élisabeth qui finalement semblait s'être habituée assez facilement à demeurer sa prisonnière. Ils n'en avaient pas parlé, mais il la laisserait aller et venir à sa convenance, sous escorte, afin qu'elle ne leur fausse pas compagnie. Il reconnaissait que la donzelle avait de la ressource et le cœur bien accroché. Mais sans doute avait-elle compris qu'il valait mieux pour elle rester ici en sécurité que s'aventurer sur les chemins.

Pourquoi cette femme l'attirait-elle autant, grands dieux ?!

Alors qu'elle avait un sale caractère et paraissait froide et hautaine. Sauf tout à l'heure, dans son bain. Il résista à l'envie de se frotter le visage pour chasser de sa tête les images de ce corps diablement attirant. Ses seins étaient petits, mais d'une belle forme, et dès qu'elle enfanterait, ils deviendraient plus lourds ! Pourquoi diable pensait-il à ce genre de choses ? Il savait pourquoi… la perte de son petit garçon en même temps que celle de sa femme lui avait broyé le cœur d'un poing sans pitié pour le réduire en charpie. À tel point qu'il pensait ne plus être capable d'aimer qui que ce soit d'autre avec autant de puissance.

Il la regardait si fixement par moments que Craig finit par lui mettre un coup de pied sous la table. Il lui retourna un regard noir. Son frère s'en amusa et se pencha en lui faisant signe de s'avancer :

— Ton désir pour elle est marqué en toutes lettres sur ton visage, mon frère ! souffla-t-il discrètement. Trousse-la ou ôte-la de ta tête !

— Si c'était si simple ! gronda-t-il dans sa barbe qu'il portait courte et bien taillée. Que ferais-tu à ma place ?

— Tu le sais ! Je ne suis pas du genre à me poser des questions. Quand une fille me plaît, je la mets dans mon lit. Le plaisir ! Il n'y a que ça de vrai, mon frère.

— Et ensuite ?

— Quoi, et ensuite ?

— Que fais-tu ensuite ? insista Alexander.

— Ben… c'est tout ! Je passe à une autre, et encore une autre…

Alexander questionnait son frère pour penser à autre chose qu'à cette femme, là, sous ses yeux, qui l'obsédait depuis qu'elle était entrée dans sa vie quelques heures auparavant, alors qu'il savait parfaitement comment il se comportait avec les femmes, il n'en avait jamais fait mystère : il les troussait en veillant à ne pas leur faire d'enfant, puis effectivement passait à une autre, au gré de ses envies. Jusque-là, il n'avait accepté aucune proposition de mariage, il tenait bien trop à sa liberté. Jusqu'au jour où son chemin croiserait celui d'une femme différente des autres et à laquelle il s'attacherait. Alors, il n'en regarderait aucune autre. C'était ce que lui-même avait vécu, il y avait de cela dix ans, quand il avait posé les yeux sur Maddie, une fille du clan voisin, une Kinkaid. Il savait qu'elle était la femme de sa vie. Hélas, cette chienne de vie n'avait pas eu pitié d'eux ni de leur amour ; il n'en restait aujourd'hui que des cendres.

— Qu'as-tu décidé ? lui demanda encore Craig.

— J'ai fait envoyer une missive chez les MacDonald, comme convenu. Nous n'avons plus qu'à attendre. Pour le reste, je ne veux même pas y penser.

— Ce serait pourtant la solution ! Le MacDonald en crèverait de savoir que son domaine nous reviendra après sa mort. Nous aurions notre revanche, mon frère. Il te suffirait de la trousser, de revendiquer son pucelage et de l'épouser.

— Même contre son gré ? C'est cela que tu me conseilles ?

Craig était peut-être un trousseur de jupons, mais jamais Alexander n'avait ouï dire qu'il avait pris une femme de force. Cela n'était pas dans la nature des MacLeod. Dans leur clan, on respectait les femmes, et si son frère s'était hasardé dans cette voie, il l'aurait lui-même remis dans le droit chemin.

Craig jeta un coup d'œil à Élisabeth puis revint à lui :

— Bien sûr que non ! Travaille-la au corps, séduis-la ! Mais quelque chose me dit qu'elle serait consentante. Quand elle pense que tu ne la regardes pas, elle t'observe. Elle paraît aussi intéressée par toi que tu l'es par elle. Mieux vaut cela qu'une nouvelle guerre, non ?

— La guerre aura lieu pareillement ! Crois-tu vraiment que le MacDonald me laissera en paix si j'épouse sa nièce sans son accord alors qu'il a déjà décidé de la marier à un autre ?

— Sais-tu de qui il s'agit ?

— Non ! Peut-être Ewen le sait-il. Nous lui poserons la question. En tout cas, ils ont l'air de bien s'entendre, termina Alexander en regardant pour la énième fois du côté de son jeune frère qu'il vit partir dans un grand éclat de rires.

Qu'étaient-ils donc en train de se raconter ?

Décidément, il lui faudrait avoir une conversation avec Ewen. Et vite ! Qu'il n'aille pas mettre son projet de libérer leur prisonnière à exécution, ou c'en serait fini de leurs espoirs de renaître de leurs cendres.

— Jaloux ?

— Inquiet, tout au plus ! Je ne voudrais pas qu'Ewen commette une folie. S'il s'enfuit avec Élisabeth et que les MacDonald les retrouvent avant nous, notre frère pourrait se faire tuer.

— Ewen est intelligent et il t'est fidèle. Jamais il ne te trahira.

— Élisabeth pourrait l'y pousser. Elle a des atouts indéniables.

— Je ne le crois pas ! Regarde-la ! Elle semble s'être adaptée. Si tu veux mon avis, elle n'a aucune intention de nous fausser compagnie.

C'était également ce qu'il lui semblait, ou alors elle était habile comédienne, ce qu'il devait envisager. Si, en tout cas, elle était déterminée à partir, elle réussirait. En trompant la vigilance de ses gardes ou en séduisant Ewen ou un autre de leurs hommes. Et encore une fois, c'en serait fini de leurs espoirs de sortir du marasme dans lequel les avait plongés le raid des MacDonald. Leurs caisses se remplissaient peu à peu, mais il y avait tellement à faire et à reconstruire. Alexander ne demandait pas la lune, juste de posséder de quoi nourrir ses gens, et de retrouver leur lustre et leur gloire d'antan. Le pouvoir, en lui-même, ne l'intéressait pas ; il ne voulait que vivre en paix et heureux auprès de sa famille et des gens qu'il aimait.

— Dieu t'entende, mon frère.

— Double sa garde si tu crains qu'elle nous échappe.

— J'ai envie de lui faire confiance. Dans un premier temps…

Il faudrait surtout qu'il lui parle pour que tout soit clair entre eux et pour s'expliquer ; ils étaient partis sur de mauvaises bases. Seulement, il craignait de ne pas pouvoir garder son sang-froid s'il se retrouvait seul avec elle, surtout que la scène du bain ne voulait pas sortir de son crâne malgré toute sa bonne volonté. Et la première fois qu'elle s'était retrouvée entre ses bras sur ce fauteuil au pied de son trône, il avait bien failli l'embrasser.

— Ça va faire deux ans, Alexander, tu ne crois pas qu'il serait peut-être temps pour toi d'oublier ?

Oublier ?

Jamais ! Il ne pouvait oublier une telle douleur, qui lui vrillait encore l'âme lorsqu'il pensait à sa femme. Il n'était pas prêt à trahir le serment de l'aimer pour l'éternité, Maddie vivait encore dans son cœur. Pourtant…

Soudain, une voix douce s'éleva, couvrant les discussions et donnant une réalité à ses désirs secrets :

— Mon seigneur ?

— Damoiselle ?

Elle tiqua et réprima une grimace, il le vit à ses lèvres pincées. Visiblement, son ton paternaliste lui hérissait la peau.

— Souffrez que je me retire.

Il eut de nouveau un geste de la main et lança, dédaigneux :

— Faites donc ! Gardes, accompagnez cette jeune damoiselle à sa chambre !

— Je vais le faire, mon frère ! s'interposa Ewen.

— L'un n'empêche pas l'autre, Ewen, renchérit-il avec un regard appuyé.

Ewen eut l'intelligence de s'abstenir de répondre. Craig avait raison, leur jeune frère ne braverait pas son autorité. Ewen savait où était sa place ainsi que leurs intérêts, même s'il était devenu l'ami d'Élisabeth.

Après une petite révérence pleine de charme et de bravades, sa prisonnière prit congé. En les regardant s'éloigner, Alexander ne put s'empêcher de ressentir un pincement au cœur sur lequel, encore une fois, il évita de s'appesantir mais qui lui prouva que ce même cœur n'était peut-être pas tout à fait mort.

6

Lizzie et Ewen sortirent de la salle commune. Ils n'avaient pas fait trois pas que le jeune homme s'excusait du comportement de son frère :

— Pardonnez à Alexander, Lizzie, il n'œuvre que pour le bien du clan et n'a rien contre vous personnellement.

Ce n'était pas son avis, elle avait au contraire l'impression qu'il lui en voulait de quelque chose qu'elle était bien incapable de comprendre.

Que lui reprochait-il à la fin ?

Comme elle regrettait maintenant d'être venue jusqu'ici ! Pas d'avoir sauvé Ewen qui était un jeune homme charmant et attachant, mais d'avoir fait le choix de l'accompagner, pensant pouvoir se reposer et reprendre sa route avec peut-être des vivres en récompense. Au lieu de cela, elle était tombée dans un piège ; une autre forme de piège. Mais tout aussi dramatique.

— Je le sais, Ewen, soupira Lizzie. Voulez-vous vous promener un moment ? Finalement, je n'ai pas envie d'aller me coucher.

Elle était trop énervée contre le laird pour pouvoir trouver le sommeil. Le jeune homme acquiesça et ils sortirent. Ils longèrent en silence la demeure et empruntèrent sans véritablement se concerter l'escalier menant sur la muraille. Là, Lizzie put admirer la vue. Époustouflante. Le ciel était rouge et le soleil couchant illuminait un loch, pas très loin, où elle pourrait se baigner l'un de ces prochains jours. Partout où ses yeux se posaient, la lumière était magnifique, les rougies grandioses. Jamais elle n'avait vu un ciel si beau ni une vue si dégagée. La forteresse, sur sa petite colline, dominait la forêt d'un côté – celui par lequel ils étaient venus – et des champs ainsi que le loch sur les autres côtés. À leurs pieds, jusqu'au loch, s'étendaient un immense jardin, puis un grand espace d'herbe agrémenté de bosquets et de bancs propices à la détente. Bien malgré elle, elle s'imagina assise sur l'un de ces bancs, à l'abri du soleil, avec son livre de poèmes. Ou avec d'autres ouvrages, si jamais le laird en possédait et voulait bien les lui prêter. Peut-être arriveraient-ils à discourir de sujets quelconques plutôt que d'être sur le point de se sauter à la gorge à la moindre occasion.

— Votre domaine est magnifique, Ewen, et cet endroit me plaît infiniment.

— J'espère que vous ne m'en voulez pas trop. Je vous ai trompée sur mon nom, mais mes motifs étaient louables, je voulais vous mettre à l'abri, je ne pensais pas qu'Alexander profiterait ainsi de la situation.

— Je ne vous en veux pas, Ewen, ni à l'un et ni à l'autre, termina-t-elle plus doucement, comme se parlant à elle-même. Je comprends la position de votre laird, je suis la poule aux œufs d'or pour lui.

Oui, elle comprenait, à défaut de l'accepter.

Ce qu'elle comprenait moins en revanche c'était pourquoi elle était autant attirée par Alexander MacLeod. Il était mystérieux et diablement viril, certes, mais aussi parfaitement détestable ! Jamais elle n'avait ressenti ce genre d'émois et elle était perdue. Une partie d'elle excusait son comportement à son encontre – après tout elle était la nièce de leur pire ennemi, donc jusqu'à preuve du contraire une ennemie elle-même ; elle ne pouvait lui demander d'avoir confiance en elle ni d'être agréable avec elle devant ses hommes – alors qu'une autre partie, la plus insoumise et la plus enflammée, ne rêvait que de le rouer de coups pour son arrogance et sa propension à la traiter comme une écervelée et une jouvencelle. Et elle n'était ni l'un ni l'autre ! Elle n'était pas n'importe qui ! Elle était Élisabeth MacDonald, l'héritière du clan MacDonald, il lui devait le respect !

Elle réfléchit à la question de son intérêt pour cet homme.

Elle avait eu le sentiment, dès qu'elle avait posé les yeux sur lui, qu'ils étaient faits du même bois, qu'ils étaient aussi obtus, têtus, et déterminés l'un que l'autre, et que leurs âmes se ressemblaient.

Pouvait-on être attiré par un homme au premier regard ?

Sans doute, puisque c'était ce qu'elle ressentait. Elle avait envie de le connaître mieux, et de l'apprivoiser, sans croire une seule seconde qu'elle en serait capable. Elle avait l'habitude des hommes, mais pas des hommes capables d'enflammer son désir comme le faisait le laird MacLeod.

Tout en le redoutant, elle s'attendait à tout moment à le voir débouler sur le chemin de ronde. Il fallait qu'ils parlent, sans doute en était-il lui-même parfaitement conscient, pour se mettre d'accord et pour convenir d'un plan. Elle ne voulait pas qu'il y ait une guerrc à cause d'elle. Que des gens meurent à cause d'elle lui était intolérable. Surtout les gens de ce clan qui avaient déjà tellement perdu à cause de sa famille. Encore une fois, même si elle était absorbée par le paysage, elle ne pensait qu'à Alexander. Cet homme avait véritablement pris possession de son esprit. Et ceci, en quelques heures à peine. Si elle ne le voyait pas en remontant se coucher, elle lui demanderait audience dès le lendemain.

— Je vous défendrai, Lizzie, j'en fais le serment, ajouta Ewen, sortant du silence où il s'était abîmé depuis quelques minutes, semblant lui aussi perdu dans ses pensées.

Lizzie lui prit la main pour le remercier.

— Vous êtes gentil, Ewen, mais je ne peux vous laisser prendre des risques pour moi.

Peut-être devrait-elle se montrer raisonnable et accepter d'épouser Dougal Campbell avant d'être responsable de quelque chose qui rapidement la dépasserait. Elle ne voulait pas que des gens souffrent ou meurent par sa faute, même si elle ne serait finalement qu'un prétexte à une guerre entre clans rivaux. Il était si facile de mettre le feu aux poudres, mais quand elle pensait à Campbell, elle avait envie de vomir rien qu'à l'idée de ses mains sur sa peau.

— De tout temps, les hommes se sont battus pour des femmes, surtout lorsqu'elles sont belles, dit encore Ewen, pensif.

Belles, peut-être, mais également source de richesses ou de puissance. Ce qui était son cas.

Lizzie se racla la gorge et eut envie d'évoquer un autre sujet :

— Parlez-moi plutôt de Katel. Êtes-vous promis ?

Ewen fronça les sourcils, visiblement peiné.

— Hélas, non ! Alexander tarde à nous donner son accord. Je sais qu'il préférerait une autre alliance pour consolider le clan, mais c'est elle que j'aime. Je l'aime depuis toujours.

— Elle est très belle. Et elle aussi vous aime, cela crève les yeux. J'espère qu'elle ne m'en veut pas trop d'être arrivée ainsi avec vous.

— Je lui ai tout expliqué, elle a compris et m'a pardonné.

Si son oncle payait la rançon, Alexander consentirait peut-être à ce que ces deux jeunes gens se marient. On devrait toujours privilégier l'amour lorsque cela était possible, et non des mariages d'arrangement. Elle pensa à sa propre situation : que ne donnerait-elle pas pour épouser un homme qu'elle aime, et non un vieux vicieux aux yeux de porcelet.

— D'ailleurs, je dois aller la retrouver, voulez-vous que je vous accompagne à votre chambre ?

— Non, merci, Ewen, je vais rester encore quelques minutes, il faut que je réfléchisse. Et de toute façon, j'ai mes gardes, je ne crains rien, ajouta-t-elle avec un regard en direction de ses deux cerbères, adossés contre la muraille et occupés à la surveiller en se curant les ongles avec leur couteau.

Ils avaient l'air de s'ennuyer ferme. Elle se promit de les faire tourner en bourrique pour qu'ils aillent se plaindre au laird et pour qu'aucun de ses hommes ne veuille ensuite la surveiller. Cela était puéril, mais l'idée l'amusa.

Ewen s'inclina, la main sur le cœur.

— Très bien, alors je vous dis à demain. J'espère que vous réussirez à dormir, malgré vos tourments.

Elle aussi l'espérait…

Une fois seule, Lizzie observa le coucher de soleil qui peu à peu déclina pour laisser place à l'obscurité qui viendrait tard. Ils étaient en plein cœur de juillet, les jours étaient longs, mais dans quelques minutes, l'air serait plus frais sur les hauteurs et il lui faudrait rentrer. Elle n'en avait pas envie. La nature était belle, et la solitude de sa chambre lui fit soudain peur. Sans qu'elle puisse les empêcher, des larmes ruisselèrent sur ses joues, des sanglots enflèrent dans sa poitrine à l'idée que sa situation était désespérée.

Sans même essuyer ses larmes, elle se retourna. Elle n'avait qu'une envie : voir Alexander. Pour… elle ne le savait pas vraiment, elle avait seulement l'intuition que lui seul pouvait guérir ses tourments et peut-être lui donner une petite lueur d'espoir s'il n'était pas indifférent à son sort. Elle crut rêver lorsqu'elle le vit apparaître en haut de l'escalier de pierres menant au chemin de ronde. Sans doute avait-il attendu qu'Ewen redescende pour être sûr de la trouver seule. Il renvoya ses gardes d'un regard, puis se dirigea vers elle sans cesser de l'observer intensément.

La gorge de la jeune femme s'asséchа et son cœur manqua plusieurs battements.

Il avait taillé sa barbe, ramené ses cheveux noirs bouclés en arrière, sa chemise blanche aux manches bouffantes, son kilt et son tartan lui seyaient à merveille. Il était incroyablement beau et incroyablement séduisant.

Quand il fut proche, il fronça les sourcils.

— Vous avez pleuré ?

— Oui, laird, j'ai pleuré, s'enflamma-t-elle. Aussi, je vous le demande à genoux, laissez-moi partir. Je ne vous réclame que quelques vivres et ma liberté.

Alexander plaça ses mains sur le muret et son regard se perdit sur l'immensité verte à leurs pieds. Des mains qu'elle ne put s'empêcher d'admirer : belles, aux longs doigts effilés, mais fortes et certainement impitoyables car elles avaient déjà tué. Elles avaient tué des hommes de son propre clan, mais là encore, ses sentiments étaient contradictoires : les MacDonald avaient attaqué les MacLeod dans le but de les éradiquer de la surface de la Terre. C'étaient les MacDonald les méchants et Alexander n'avait fait que se défendre.

Lizzie n'avait finalement aucune pitié pour les hommes de son oncle. Des hommes qui ne lèveraient pas le petit doigt pour elle. Elle ne représentait rien pour eux. Pas tant qu'elle ne serait pas à la tête du clan. Là, seulement, ils la respecteraient ! Et encore… certains ne supporteraient pas d'être commandés par une femme.

— C'est trop tard, Élisabeth, soupira Alexander sans la regarder, la tirant de ses pensées. La missive est partie pour demander une rançon. Vous êtes nièce de laird, je sais qu'au fond de vous, vous me comprenez.

Les yeux de Lizzie, de nouveau, s'emplirent de larmes.

— Je le comprends, mais je ne suis pas d'accord !

Alexander se tourna vers elle et elle ne sut, à l'expression de ses traits, s'il était réellement attendri par sa détresse ou s'il s'en moquait. Pourtant, il avait perdu cet air arrogant qu'il affichait jusqu'alors. Il semblait… intéressé. Véritablement intéressé. Mais l'était-il par ses origines ou seulement par sa personne ?

Elle ne pouvait plus ignorer qu'ils se plaisaient et étaient attirés l'un par l'autre. Elle pouvait le voir dans ses yeux, comme certainement lui pouvait voir le désir dans les siens. Un désir qu'elle ne savait comment lui dissimuler. Elle avait le sentiment qu'il lui suffirait de faire un pas vers lui pour qu'il la prenne dans ses bras et l'embrasse. Elle se demanda soudain ce qu'elle ressentirait en sentant ses lèvres sur les siennes et son corps tout contre le sien. Son bas-ventre, une fois de plus, s'embrasa. Le laird la regardait encore intensément, comme précédemment dans sa chambre. Si intensément et ardemment, que son souffle se fit plus court.

— Il veut vous marier, c'est cela ? lui demanda-t-il d'une voix douce qui la surprit.

Ses prunelles étaient plongées dans les siennes comme s'il… comme s'il sondait son âme pour trouver des réponses.

— Oui.

Elle essuya pudiquement la larme qui avait roulé sur sa joue.

— À qui ?

— Dougal Campbell.

Alexander se détourna, sans un mot, mais elle eut le temps d'apercevoir ses mâchoires se serrer.

— Vous le connaissez ? voulut-elle savoir.

Il ne répondit pas immédiatement, mais à sa posture rigide, elle avait sa réponse.

— Oui, je le connais, soupira-t-il enfin.

— Lui aussi m'a faite prisonnière, laird. Vous vous ressemblez étrangement…

Elle recula devant la fureur de son regard.

Elle s'y attendait, elle l'avait sciemment provoqué avec cette affirmation, mais elle ne s'attendait pas à déclencher un tel courroux.

Il fit un pas dans sa direction, comme s'il allait la réduire en bouillie.

— Je vous interdis de me comparer à cet homme !

— Pourquoi ? s'écria-t-elle, en colère elle aussi. Vous n'êtes pas différent de cette ordure puisque vous-même vous me retenez prisonnière ! Alors si, je persiste, vous vous ressemblez ! Et je vous interdis de poser les yeux sur moi comme vous l'avez fait tout à l'heure.

Sur ces mots, elle le contourna et s'éloigna, aussi dignement qu'il lui était possible.

Si elle s'était retournée, elle aurait vu que la colère sur le visage du laird avait cédé la place à quelque chose de plus douloureux.

7

Lizzie mit un temps infini à trouver le sommeil, sa colère envers Alexander lui ayant fait bouillir les sangs. Pour qui se prenait-il pour lui parler ainsi ? Elle n'était pas une gamine qu'il pouvait sermonner à sa guise ! À la compagnie du laird, elle préférait finalement celle de ses gardes qui, ne lui parlant pas, lui laissaient au moins tout loisir de réfléchir, et eux ne lui faisaient pas perdre la tête.

Pourtant, quand il était venu la retrouver sur le chemin de ronde, il avait eu l'air de s'être radouci, il l'avait regardée avec beaucoup d'intérêt certes, mais également de bienveillance. Mais une fois de plus, leur entrevue avait tourné à l'affrontement. Il était impossible de discuter calmement avec cet homme !

Lui aussi, visiblement, avait le sang bouillonnant.

En tous cas, elle avait compris une chose : il lui fallait partir au plus vite ! Elle devait s'évader d'HelenHall ! Seule, sans l'aide de quiconque ! Elle ne voulait entrainer personne dans la tourmente, surtout pas Ewen. Elle s'en voudrait beaucoup trop s'il avait des problèmes à cause d'elle et ruinait sa vie.

Elle finit pourtant par s'endormir et, sitôt levée et malgré une migraine lancinante, elle se mit en chasse de Térésa, qu'elle découvrit dans la cuisine en train de houspiller ses aides.

Elle se planta devant l'intendante :

— Je veux travailler !

— Fort bien ! répondit Térésa sur le même ton. Savez-vous cuisiner ?

— Non !

— Tricoter ? Coudre ?

— Pas davantage !

— Jardiner ?

— Non plus !

— Que voulez-vous faire alors ? demanda la matrone en croisant ses bras sur sa généreuse poitrine.

— Je pensais… aller ramasser des herbes pour la cuisine ou pêcher…

Lizzie se voyait déjà sortir de l'enceinte, descendre jusqu'au loch, se plonger avec ravissement dans l'eau… Elle était bonne nageuse, elle pourrait tromper la vigilance des gardes, s'éloigner et retrouver la terre ferme plus loin. Mais alors, elle serait nue… Il fallait qu'elle trouve une solution, peut-être cacher des vêtements quelque part et les récupérer ensuite.

— Vous devrez demander au laird.

Elle était prête à tout pour mettre son plan d'évasion à exécution, même à demander à Alexander la permission de sortir pour une cueillette ou pour aller pêcher. Ce serait presque comme s'il acceptait la possibilité qu'elle fuie, non ?

— Aucun problème ! Savez-vous où je peux le trouver ?

— Il est parti !

La déception de Lizzie fut totale.

— Parti où ? Quand revient-il ?

Cela n'arrangeait pas du tout son affaire.

Si Térésa fut surprise des questions de Lizzie, elle n'en montra rien.

— Il ne l'a pas dit, et je ne lui ai pas demandé.

D'accord…

— Puis-je obtenir de Craig la permission de sortir de l'enceinte pour aller cueillir mes herbes, alors ?

— Vous pouvez toujours essayer…

— Je vois. Eh bien… merci beaucoup, Térésa, à plus tard !

L'intendante la rappela avant qu'elle ne franchisse le seuil de la cuisine d'un pas décidé. Lizzie se retourna et attrapa au vol la pomme qu'elle lui lança. Elles se sourirent. Térésa était chaleureuse, et Lizzie l'aimait déjà beaucoup, elle la regretterait.

Quand elle déboucha dans la cour, évidemment escortée par ses gardes – qu'elle avait salués avec force sourires en sortant de sa chambre pour les amadouer eux aussi –, quelques hommes étaient en train de s'exercer au combat à l'épée, dont Craig, qu'elle se souvint avoir vu à la droite d'Alexander la veille à table. Elle alla se planter à proximité de lui, évitant habilement quelques coups. Elle n'avait pas peur des armes. Au contraire, elle en raffolait.

— Puis-je vous parler, mon seigneur ?

Craig cessa de ferrailler.

— Bien sûr ! Que puis-je pour votre service, gente dame ?

Craig, au moins, était poli et avenant. Pas comme son frère ! Dont il avait la beauté, mais sans cette expression de… colère permanente. Qui, elle devait le reconnaître, conférait au laird un air mystérieux et intrigant qui lui plaisait un peu trop à son goût, en plus de la mettre sur les nerfs.

— Je viens d'apprendre que le laird s'est absenté.

— Certes ! Il est allé visiter quelques-uns de nos fermiers.

— Savez-vous s'il rentre ce jour ?

— Je ne le crois pas, damoiselle.

— Quand rentre-t-il, alors ?

— Je ne sais pas, il ne m'en a rien dit.

Elle commença à perdre patience.

— Peut-être qu'en son absence pourriez-vous me donner la permission de sortir de l'enceinte ? J'ai pour habitude de chevaucher chaque jour et d'aller nager dans le loch. J'espérais pouvoir le faire ici.

— Je crains de devoir refuser, damoiselle, répondit Craig. Je ne peux vous donner une troupe pour veiller à votre sécurité, cela départirait encore la forteresse de quelques hommes, et votre oncle peut attaquer à tout moment.

La prenait-il lui aussi pour une écervelée ?

Elle savait réfléchir que diable !

— Pas aujourd'hui, Craig ! réagit-elle avec véhémence. Aujourd'hui, nous sommes tranquilles. Votre laird m'a avoué hier soir qu'il venait d'envoyer le pli de ma rançon, or, nous sommes à quasiment trois jours de cheval de la forteresse des MacDonald, mon oncle ne peut pas l'avoir déjà reçue et il n'a aucune idée de l'endroit où je me trouve. Laissez-moi au moins faire une promenade à cheval je vous en prie. Ensuite, je vous promets d'aller seulement à pied.

Craig lui sourit.

Elle avait le sentiment qu'il savait ce qu'elle préparait ce qui était impossible, se rassura-t-elle.

— Êtes-vous bonne cavalière ?

— Très ! Je monte depuis que je suis toute petite, répondit-elle ingénument. J'ai même appris à les dresser. Aucun cheval ne me résiste.

— Justement ! Vous pourriez tromper la vigilance des gardes et vous enfuir. Alexander ne me pardonnerait pas de vous avoir laissé filer.

Lizzie se força à l'impassibilité, mais elle bouillonnait déjà de voir ses désirs de fuite à cheval – ce qui aurait été somme toute plus commode ! – réduits à néant.

— Il n'avait qu'à rester pour me surveiller lui-même s'il n'est pas content !

Le sourire de Craig s'accentua.

— Vous êtes décidément très semblables, mon frère et vous !

— Certainement pas ! s'emporta-t-elle encore. Nous n'avons rien en commun ! Moi, je souris et je parle aux gens, même si je suis malheureuse.

Craig la regarda avec étonnement.

Elle n'aurait pas dû se livrer ainsi, il n'était pas bienséant de dévoiler ses états d'âme, encore moins pour une femme, et encore moins à un homme, mais Lizzie en avait assez de faire semblant d'être forte. Oui, elle était malheureuse d'avoir été traitée comme une marchandise même si elle savait que cela était le lot de quasiment toutes les femmes. Elle avait espéré que son oncle la traiterait différemment, en tout cas, qu'il ne laisserait pas un homme la maltraiter. Et oui, elle était malheureuse d'être de nouveau prisonnière sans savoir ce qu'il adviendrait d'elle. Elle ne supportait plus cette incertitude quant à son avenir ni de dépendre encore du bon vouloir d'un homme, même si celui-ci était hautement séduisant. En vérité, elle ne savait pas ce que le laird pensait d'elle. Il la désirait, certes, comme un homme désire le corps d'une femme, mais la seconde d'après, il la regardait comme si elle lui faisait horreur.

Visiblement, il désirait son corps, mais pas elle.

Comme tous les autres hommes, finalement.

Ses yeux s'emplirent de larmes et elle vit que Craig s'en attendrissait.

— Laissez-moi au moins aller me promener jusqu'au loch, demanda-t-elle, les yeux suppliants. Il m'a paru si beau de la muraille hier soir que j'aimerais pouvoir le voir de plus près. Je vous promets de ne pas fausser compagnie à vos gardes. Je ne suis pas sotte, seigneur, je sais que je risquerais gros en m'aventurant seule sur les chemins.

Oui, elle risquerait gros, mais elle était pourtant décidée à le faire. Elle ne voulait pas qu'HelenHall soit détruite et que ces gens meurent par sa faute, elle ne le tolérerait pas. Si elle partait, son oncle n'aurait plus aucune raison de les attaquer, il se lancerait sur ses traces et ne s'attarderait pas ici. Enfin… elle l'espérait, mais rien n'était moins sûr : Georg risquait de vouloir les détruire parce qu'il avait une ancienne dette à expurger et cette fois-ci, aidé de Campbell, il pourrait bien réussir.

Visiblement, ses larmes faisaient de l'effet et comme Alexander avant lui, il eut du mal à y résister et en fut visiblement ému. Alors qu'Alexander s'était mis en colère. Encore une fois, elle ne cessait de penser au laird. D'autant plus qu'elle avait une copie presque conforme devant les yeux. Elle comprit qu'il lui manquait, qu'elle avait envie de le revoir, tout en le redoutant, et qu'elle avait hâte qu'il rentre. Elle se demanda subitement ce que lui réservait leur prochaine rencontre.

— Très bien, damoiselle ! Je vous autorise à aller vous promener autour de l'enceinte. Mais à pied ! Et je compte sur vous, n'allez point trop loin.

Elle lui sauta au cou spontanément, déclenchant l'hilarité des hommes près d'eux, qui s'étaient arrêtés de ferrailler pour les écouter. Et comme Craig ne s'était pas donné la peine de leur ordonner de reprendre le combat, ils profitaient d'un moment de détente certainement bienvenu car il faisait déjà une chaleur de four à l'intérieur de la forteresse. Lui aussi, elle l'aimait bien ! Comme Ewen ! Il en avait la douceur.

Elle prit de la distance et fit volte-face. Se ravisant, elle se retourna et effectua une gracieuse petite révérence.

— Merci, seigneur !

Elle courut ensuite vers la petite porte donnant sur l'extérieur, le cœur plus léger.

Elle battit la campagne tout le jour, épuisant ses gardes tout en se réjouissant de leur mauvaise humeur. Ils l'avaient incitée à retourner à la forteresse pour prendre la collation du milieu de journée et quelque repos, mais Lizzie n'avait pas cédé. Ils avaient dû se contenter de quelques baies, d'herbes amères et d'une flasque de whisky, qu'ils se partagèrent. Elle avait repéré les lieux, s'était baignée dans le loch, forçant ses gardes à rester le dos tourné pendant au moins une heure, sous un soleil de plomb. L'un d'eux avait même failli tomber, à moitié ivre.

Le soir venu, ils prirent le repas tous ensemble, dans une ambiance agréable. Les hommes racontèrent leur journée, et à la fin, Craig entonna un chant. Il avait une voix merveilleuse. Pourtant, Angus restait taciturne et les convives ne pouvaient s'empêcher de jeter de petits coups d'œil anxieux en direction du siège du laird, vacant. Alexander manquait à tous et Ewen lui avait confié qu'il était inhabituel qu'il s'absente. Surtout sans dire quand il reviendrait.

Où était-il allé ?

Qu'avait-il à faire à l'extérieur ?

Était-il parti à cause d'elle ?

Aux regards que lui lançait Angus et à sa main qui parfois se posait sur la sienne, elle pensa qu'effectivement Alexander était parti à cause d'elle. Elle voulut en demander les raisons au vieil homme, mais s'en abstint. Il n'avait pas besoin de savoir qu'elle s'intéressait à Alexander, et qu'il lui manquait, et… qu'elle se faisait du souci pour lui. Du reste, elle se doutait des raisons de son départ : Alexander s'intéressait aussi à elle, elle l'attirait et il ne savait que faire de cette attirance.

Mais tout bien réfléchi, il valait mieux qu'il soit absent de la forteresse pour ce qu'elle s'apprêtait à faire. Ce serait certainement plus facile pour elle de quitter la place, car plus elle le côtoierait, plus il lui serait difficile de s'éloigner, elle le sentait au fond de ses entrailles.

Qu'Alexander ne revendique pas sa main pour s'accaparer les terres de son oncle, comme l'aurait fait n'importe quel homme, la troublait. Était-ce parce qu'il ne voulait pas profiter de la situation ? Ou parce que Lizzie ne l'intéressait pas véritablement et qu'il ne désirait que son corps ? Elle l'attirait assez pour vouloir coucher avec elle, mais pas suffisamment pour l'épouser ! Malgré elle, Lizzie se sentait humiliée et déçue, car ce mariage les sauverait tous deux. Mais comme sa demande n'arriverait jamais, ou trop tard, eh bien… il valait mieux qu'elle s'enfuie !

Alexander ne revint pas le lendemain, ni le jour d'après, ni le jour encore d'après. Bientôt, le délai de quiétude serait passé, et plus les heures défilaient, plus Lizzie se faisait du souci pour lui. Elle avait réfléchi : trois jours pour que la missive parvienne à son oncle, deux jours pour que des gardes arrivent aux frontières MacLeod pour rendre compte de la situation pendant que son oncle lèverait une armée, ce qui lui prendrait quand même un certain temps ; ils avaient au moins deux semaines de répit avant que cela vire au drame.

Et d'ici deux semaines, elle serait loin.

L'attente devint une torture, elle sursautait à chaque bruit de chevaux dans la cour, s'attendant à tout moment à voir réapparaître Alexander, aussi beau que dans son souvenir, sinon plus, et elle regardait avec de plus en plus de tristesse son siège vide, en se faisant petit à petit à l'idée de ne pas le revoir avant de partir.

Devoir quitter les habitants du domaine lui crevait le cœur, tant elle s'était habituée à eux et avait appris à les aimer. Ils l'avaient accueillie alors qu'elle était la nièce de leur ennemi juré, et après quelques heures de défiance, l'avaient acceptée. Certainement parce que le laird leur avait ordonné de prendre soin d'elle pendant son absence, mais au fil des jours, les sourires étaient devenus sincères et elle avait même fini par apprécier ses gardes avec lesquels elle plaisantait souvent.

Son évasion était planifiée : elle avait réussi à cacher une robe – qu'elle avait portée sous une autre – sous des branchages au pied d'un arbre après s'être isolée en prétextant un besoin naturel. Ses gardes avaient relâché leur vigilance, ils avaient fini par lui faire confiance. Elle était attristée de les tromper, mais qu'y pouvait-elle ?

Elle n'avait pas le choix !

Alexander ne voulait pas la protéger, il ne voulait pas d'elle, il se moquait de son avenir et qu'elle soit malheureuse. Elle devait se faire une raison et l'accepter.

8

Alexander regarda la forteresse Kinkaid du haut de son cheval. Une forteresse majestueuse au corps de logis cerné de deux grosses tourelles. Un véritable château. Les Kinkaid étaient riches et puissants.

Que de souvenirs !

Il n'y était pas revenu depuis plus de deux ans. Maddie avait insisté, même si le chemin allait lui être pénible, pour passer Noël avec ses parents, ici, comme si elle savait qu'elle ne les reverrait jamais. Ces jambes étaient tellement gonflées qu'ils avaient dû se résoudre à y aller en carriole. Plutôt que de chevaucher loin d'elle, il avait fait le trajet avec elle, chargeant Murtag, l'un de ses plus fidèles gardes, de les conduire.

Ils avaient ri tout du long, blottis dans les bras l'un de l'autre !

Maddie était une jeune femme joyeuse et il l'aimait comme un fou. Elle était vive, enjouée, rien ne l'arrêtait… Même alors qu'elle souffrait des jambes, des reins et du ventre, elle ne se plaignait jamais. Mais le bébé avait été de plus en plus lourd pour sa frêle silhouette, et plus les jours avaient passé, plus il s'en était voulu de lui imposer ce fardeau. Mais c'était dans l'ordre des choses : les femmes portaient les enfants que leur homme leur faisait. Maddie avait désespérément voulu un enfant et il avait mis du temps à venir. La vieille guérisseuse du village leur avait dit que c'était dû au fait qu'elle était trop maigre et qu'elle ne mangeait pas assez à sa faim. Alexander lui donnait déjà les meilleurs morceaux de viande, mais il s'était davantage privé pour qu'elle en ait suffisamment, et le miracle était survenu : elle avait réussi à être grosse. Ils en avaient été si heureux…

Ses yeux se voilèrent.

Il ne savait au juste ce qu'il s'était passé. Peu après leur retour, certainement épuisée par le voyage, Maddie avait eu de plus en plus de mal à respirer. Ses jambes avaient encore enflé puis elle avait dû s'aliter pour ne plus jamais se relever. Malgré son état de faiblesse, elle avait eu le courage de mettre leur enfant au monde après que la guérisseuse, qui faisait également office d'accoucheuse et qu'Alexander était allé quérir en catastrophe, lui avait donné des plantes. Malheureusement, leur petit garçon était déjà mort. Quelques minutes plus tard, Maddie mourrait dans ses bras.

Il chassa ses souvenirs, puis d'autres pensées se frayèrent un passage dans son esprit, comme bien souvent ces deux derniers jours, alors même qu'il chevauchait comme s'il avait le diable aux trousses : une silhouette gracile aux formes alléchantes, de magnifiques cheveux bruns aux reflets fauves, des yeux de velours. Élisabeth était brune alors que Maddie avait les cheveux blonds tirant sur le roux, mais il y avait en elle la même vigueur, le même caractère fort. S'éloigner d'HelenHall ne servait à rien, il pensait à elle deux fois plus. Il avait même rêvé d'elle la nuit précédente et il s'était caressé en pensant à elle ; cette femme avait réveillé son corps et ses envies charnelles depuis longtemps endormis et il ne rêvait plus que de la posséder. Et l'idée de l'épouser, petit à petit, avait fait son chemin dans sa tête. Il avait alors pris la décision de demander de l'aide à son beau-père : une alliance avec Colin Kinkaid lui permettrait peut-être de résister aux attaques du MacDonald, voire de l'abattre. Alors, ils se partageraient les terres de cette ordure ainsi que les fermages qui allaient avec.

Un problème persistait, de taille : son beau-père le détestait. C'était déjà le cas avant, il ne jugeait pas Alexander digne de leur superbe fille qui faisait leur fierté, et heureusement qu'ils étaient promis sinon Colin n'aurait jamais accepté qu'ils se marient après que les MacDonald les avaient presque décimés. Il avait quand même cherché à empêcher leur mariage, mais Maddie l'avait menacé de se jeter du haut de la muraille s'il l'obligeait à épouser un autre homme. Il avait capitulé, et quelque temps après, ils s'étaient mariés, ici, car sa propre forteresse, malheureusement, était trop abîmée pour pouvoir accueillir les noces. Il avait eu un peu honte de conduire ensuite sa femme sur un domaine saccagé, mais leur amour abattait tous les obstacles, et ensemble, ils avaient reconstruit. Maddie s'était révélée une très bonne intendante ; avec peu elle faisait beaucoup. Et surtout, elle se contentait de ce qu'elle avait.

Il craignait qu'Élisabeth, habituée au luxe, soit différente sur ce point, mais il lui apprendrait tout ce qu'il y avait à savoir pour diriger un domaine, ainsi qu'à se contenter de peu comme l'avait fait feu sa femme.

Il donna un coup de talon à son cheval et, suivi de ses deux gardes, il descendit la colline pour traverser la lande puis remonter jusqu'à la forteresse. Il allait livrer un premier combat : demander une alliance, et négocier. Peut-être que l'appât du gain aurait raison des réticences de son beau-père à s'allier avec l'homme qu'il rendait responsable de la mort de sa fille.

Il pénétra dans la forteresse, dont les portes étaient toujours largement ouvertes en journée. Les Kinkaid, contrairement à eux, vivaient dans la tranquillité, ils n'avaient pas un MacDonald qui ne rêvait que de les écraser. Colin les avait un peu aidés au début de son mariage avec Maddie, et il s'était fait un point d'honneur à le rembourser dès qu'il l'avait pu pour ne rien lui devoir. Leurs rapports avaient toujours été tendus, aussi, il s'attendait malgré tout à un refus ferme et définitif.

Alexander sauta de son cheval, lança la bride au palefrenier qui était accouru pour l'accueillir et, s'enquérant d'où il pouvait trouver le maître des lieux, il pénétra dans la demeure, puis dans la pièce commune. Colin était attablé devant ses livres de comptes. Il n'aimait rien tant que compter ses richesses. Autour de lui resplendissaient des tapis et des tentures, de la belle vaisselle étincelait dans les immenses meubles contre les murs. Kinkaid avait visiblement encore prospéré.

Entendant des pas, il releva la tête.

Quand il reconnut Alexander, son ancienne animosité envers lui refit surface. Il se cala au fond de son fauteuil, le toisa, sans même lui proposer de s'asseoir, de se restaurer ou même de se rafraîchir :

— Je gage que vous êtes venu me demander un prêt ? asséna-t-il. Voilà ce qui arrive lorsque l'on ne sait pas gérer un domaine.

Alexander serra les poings, mais ne réagit pas pour ne pas se le mettre à dos sitôt son arrivée alors qu'il était venu lui proposer une alliance. Il l'observa. À tout juste cinquante ans, Colin Kinkaid était robuste, corpulent, le cheveu à peine grisonnant, toujours richement vêtu d'un kilt de beau drap ; il était encore séduisant et il était de notoriété publique qu'il trompait sa femme sans vergogne et entretenait plusieurs maîtresses. Alexander l'avait toujours trouvé détestable. Mais cela ne l'empêchait pas d'apprécier beaucoup Moira, son épouse, à laquelle Maddie ressemblait beaucoup.

Il décida de ne pas tergiverser, il n'en avait pas le temps.

— Ce n'est pas l'homme que je viens voir, mais le laird de ces terres. Les MacDonald seront sur nous dans quelques jours. Si nous tombons, vous serez les suivants.

Colin partit dans un grand éclat de rire, qui sonna comme une énième perfidie aux oreilles d'Alexander.

— Que voulez-vous que ça me fasse ! Qu'ils vous écrasent, et qu'ils viennent me chercher des noises, je saurai les accueillir.

— En souvenir de Maddie, je…

— Laissez ma fille où elle est ! C'est votre faute si elle est morte !

Toujours la même rengaine !

Alexander ne savait pas ce qui poussait Colin à le détester. Il n'était pas loin de penser que son beau-père aurait détesté n'importe quel homme qui lui aurait ravi sa fille chérie à laquelle il tenait comme à la prunelle de ses yeux et qui faisait sa fierté.

— Non ! Et vous le savez parfaitement ! Cela fait plus de deux ans maintenant qu'elle est morte. Vous avez peut-être perdu votre fille, mais moi j'ai perdu la femme que j'aimais et je pense à elle chaque jour. Comme je pense au petit garçon qu'elle allait me donner.

Alexander avait les nerfs à vif devant tant d'injustice.

— Ne croyez-vous pas qu'il est temps de tourner la page ?

— Parce que vous, vous le pouvez ? lui rétorqua son beau-père d'un ton sec.

— J'y suis résolu. La vie continue et je vais reprendre femme.

Autant lui dire lui-même avant qu'il ne l'apprenne par quelqu'un d'autre.

La mâchoire de Colin lui en tomba. Il se mit debout d'un bond, en poussant brutalement son fauteuil qui chut derrière lui.

— Comment osez-vous ! postillonna-t-il.

— Ce n'est pas à vous que je vais apprendre ce que procure la présence d'une femme aimante, répliqua Alexander en le regardant bien en face. Ma future femme s'appelle Élisabeth MacDonald, la nièce et unique héritière de Georg MacDonald.

Il tut le fait qu'il la retenait prisonnière et qu'elle n'était pas encore au courant.

Il n'était pas très fier de l'avoir séquestrée, mais sur le moment il n'avait pas eu le choix. Il pensait que c'était l'unique solution pour lui et son clan. Comme il pensait que le mieux à faire était de se débarrasser d'elle le plus tôt possible parce qu'elle lui faisait ressentir des sentiments et des émois qui le bousculaient. Dans les deux cas, il se leurrait. Il l'avait approchée de plus près, l'avait vue nue. Et surtout, il avait vu comment elle l'avait regardé elle aussi à cet instant. Elle l'avait désiré, au moins aussi intensément qu'il l'avait désirée et la désirait encore. Et depuis, l'idée de la faire sienne ne le quittait plus. Qu'elle soit riche n'entrait finalement plus véritablement en ligne de compte. Il ne voulait plus la laisser partir.

Les yeux de Kinkaid s'étaient écarquillés de surprise.

— Son oncle trouvera ce prétexte pour nous exterminer, ajouta-t-il. Il sera cette fois-ci accompagné de Dougal Campbell à qui il voulait la marier. Vous le connaissez comme moi, Colin, cet homme est un sanguinaire. Il veut régner en maître sur les Highlands et s'il y parvient il fera trembler le roi lui-même. Si je tombe, ils n'en resteront pas là et pénétreront sur vos terres pour vous anéantir à votre tour.

Alexander n'avait aucune certitude à ce sujet, mais connaissant cette engeance, il était persuadé que c'était ce qui allait se passer : Campbell voulait être le maître incontesté des Highlands. On ne comptait plus les villages qu'il avait détruits. Un vrai sauvage ! Il n'y aurait bientôt plus que le roi Jacques Ier pour contrer son influence s'il réussissait à s'emparer de leurs domaines.

Il vit que Kinkaid réfléchissait intensément, mais après quelques secondes, à la lueur dans ses yeux, il comprit qu'il avait fait le déplacement pour rien : Colin se rangerait du côté du plus fort.

Il n'était pas surpris. Son beau-père avait toujours été opportuniste ; il en discuterait avec Craig et Angus et ils trouveraient une autre solution.

— Vois-tu, Alexander, lui dit Colin d'une voix doucereuse, ce n'est pas l'envie qui me manque de te soutenir, mais financièrement, en ce moment, je suis un peu juste et…

Alexander ne l'écoutait plus que d'une oreille, il avait sa réponse et il savait qu'il mentait. Non seulement il n'avait aucune envie de le « soutenir », mais la pingrerie, tout comme l'infidélité, était une autre des « charmantes » caractéristiques de son beau-père. Il n'était pas mécontent de sortir de cette famille.

— Très bien, comme vous voudrez ! C'est votre choix et je le respecte.

Il tut une fois de plus ce qu'il pensait véritablement et à quel point il l'exécrait. Il ne gagnerait rien à le provoquer, hormis se le mettre encore plus à dos. Alors, Colin se retournerait plus sûrement contre lui et ferait clan avec les autres. Cette fois-ci, il était sûr d'y laisser sa peau. Au regard haineux que lui renvoya son beau-père avant de le dissimuler adroitement, il comprit que sitôt qu'il aurait tourné les talons, il enverrait une missive à MacDonald lui annonçant le mariage prochain de sa nièce avec le laird des MacLeod.

Il devait se hâter de rentrer.

— Merci d'avoir accepté de m'écouter…

Il s'inclina et se retourna, pour tomber nez à nez avec Moira. Elle lui tendit la main, et il lui embrassa le bout des doigts.

— Alexander, quelle joie de vous voir. Resterez-vous souper avec nous ?

— Je vous remercie, ma dame, vous êtes bonne, mais je dois refuser, mon domaine a besoin de moi. Au plaisir… laird…

Il s'inclina de nouveau vers son beau-père, puis lui tourna le dos. Il avait fait une erreur en venant le solliciter, et maintenant, il le regrettait, car ce n'étaient pas deux clans qu'il aurait bientôt contre lui, mais trois.

Tout ça pour une femme !

Il espérait au moins qu'elle en valait la peine, mais à la lueur d'effronterie qui manifestement ne la quittait jamais tout à fait, il était enclin à penser que oui.

Alexander lança son cheval au triple galop dès qu'il sortit de la forteresse, ses gardes sur les talons. Il lui fallait deux journées pour regagner HelenHall. Au total, il serait parti quatre jours. Une éternité compte tenu des circonstances. Il lui resterait peu de temps pour s'apprêter à résister à une attaque. Sitôt son retour, il lancerait les forges à plein régime pour fabriquer des armes et des protections, les forgerons se relaieraient jour et nuit, et il engagerait des mercenaires pour étoffer ses rangs. Il lui faudrait aussi entrainer ses hommes, beaucoup, surtout les plus jeunes qui ne savaient toujours pas se battre efficacement ; construire des barricades, préparer des pièges sur la lande. Mettre tout le monde à l'abri.

Il y avait tant à faire.

Il pria pour que le ciel lui vienne en aide…

9

Dès le réveil, ce matin-là, Lizzie eut un poids dans la poitrine. Elle fit sa toilette, s'habilla lentement en regardant autour d'elle, les larmes aux yeux. Elle allait quitter cette chambre qu'elle avait appris à aimer ainsi que le domaine où, pour la première fois de son existence, elle se sentait elle-même et en sécurité.

Mais elle était résolue à partir.

Elle prendrait sa besace contenant ses maigres affaires plutôt qu'un panier, en espérant que personne ne s'en étonnerait. Comme ses gardes obéissaient maintenant à ses ordres pour lui faire plaisir, elle les enverrait cueillir des baies pendant qu'elle se baignerait dans le loch et sitôt qu'ils auraient le dos tourné, elle s'enfuirait. Elle récupérerait sa besace dans laquelle elle aurait pris soin auparavant de mettre quelques vivres, subtilement chapardés dans la cuisine, enfilerait sa robe, puis irait reprendre l'autre sous l'arbre. Où elle grimperait pour se cacher. Les gardes la chercheraient partout et ils partiraient ensuite sur les chemins, sans penser une seule seconde qu'elle était toute proche. Quand ils se seraient éloignés, elle descendrait de l'arbre et partirait dans la direction opposée, abandonnant sa haquenée, mais elle ne pouvait pas raisonnablement se rendre aux écuries en passant inaperçue.

Elle ne savait où aller au juste, elle n'y avait pas franchement réfléchi, elle se laisserait porter par le destin et marcherait le plus vite possible. Elle trouverait bien des fermes où se cacher, des tavernes où travailler…

Elle s'assit dans le fauteuil à bascule devant l'âtre en soupirant. Ce qu'elle s'apprêtait à vivre l'emplissait d'inquiétude, mais une fois encore elle savait ne pas avoir le choix, et l'important était de recouvrer sa liberté.

Elle observa encore ce qui l'entourait, le cœur de plus en plus serré. Térésa lui avait appris que c'était elle qui fleurissait cette chambre, mais que parfois Alexander le faisait aussi. Comme elle lui avait appris également qu'il venait s'asseoir dans ce fauteuil devant l'âtre pour, le regard perdu dans les flammes, passer la nuit à boire pour oublier son chagrin. Lizzie compatissait à sa souffrance, elle avait même le sentiment de la ressentir dans sa chair, comme s'ils partageaient une même âme. Ce qui la rendait dubitative, mais c'était ainsi : tout ce qui concernait le laird la concernait et qu'il soit loin ne changeait rien, bien au contraire, elle n'en rêvait que davantage. En vérité, elle passait son temps à penser à lui et à rêver qu'elle lui appartenait, corps et âme. Elle aurait tellement aimé connaître l'amour avec lui, mais… sa destinée en avait décidé autrement.

Elle prit une grande inspiration et se leva.

Après un dernier regard en arrière, elle quitta la pièce. Elle salua ses cerbères d'un grand « bonjour ! Avez-vous bien dormi ? », en sachant pertinemment que non, vu qu'ils avaient monté la garde et dormi au sol. Comme à leur habitude, Murtag et Flynn ronchonnèrent, s'apprêtant à une journée de misère. Lizzie leur en faisait voir de toutes les couleurs et ils disaient à qui voulait l'entendre qu'ils préféraient mille fois se battre sur un champ de bataille que la surveiller.

— Allez, ne faites pas cette tête ! Marcher, c'est bon pour la silhouette !

Ils soufflèrent et se regardèrent, désespérés, mais lui emboitèrent le pas.

Lizzie fut surprise de ne pas découvrir Térésa dans la cuisine où officiaient seulement les servantes ainsi que Katel, avec qui elle discutait souvent. Elle s'était excusée de ce qu'il s'était passé à son arrivée, et comme ne subsistait entre elles aucune rancœur – Ewen ne l'intéressant pas le moins du monde ! –, elles étaient devenues amies et les soirs, elles se promenaient sur le chemin de ronde. Elle avait beaucoup appris sur le clan et sur Alexander en particulier grâce à elle, même si le sujet de prédilection de Katel restait Ewen, qu'elle aimait depuis son plus jeune âge et rêvait d'épouser. La pauvre pleurait souvent sur leur avenir incertain, et Lizzie l'écoutait patiemment et la consolait, sans pouvoir elle-même confier ce qu'elle avait sur le cœur ni à quel point Alexander lui manquait. Elle gardait ce secret bien caché, même s'il la faisait atrocement souffrir. Partir sans l'avoir revu une dernière fois la rendait presque malade, mais c'était mieux ainsi ; moins périlleux en tout cas.

Après avoir échangé quelques mots avec Katel sur le temps qu'il ferait dans la journée, Lizzie, le cœur lourd, prit une pomme comme elle le faisait toujours et sortit dans la cour, suivie de ses gardes.

Elle s'assit sur le rebord de l'auge, remplie d'eau, croisa les jambes et croqua dans la pomme. Ce matin, elle avait envie de prendre tout son temps et de profiter de la quiétude du lieu avant de se lancer vers l'inconnu. Elle avait revêtu sa robe la plus simple, bien qu'elle soit d'une étoffe bleue chatoyante qui bruissait à chacun de ses pas et lui donnait l'allure d'une princesse. Ou en tout cas, d'une jeune fille de bonne famille. Elle avait également tressé ses longs cheveux, et son couteau, comme chaque jour, était attaché à sa cuisse par un lien de satin. Au premier coup d'œil, un étranger aurait trouvé sa présence incongrue dans cette cour semblable à celle d'une ferme et se demanderait ce qu'elle faisait là ! Et c'était très certainement la réflexion que se faisaient les hommes du laird en la regardant du coin de l'œil, mais leur attitude changea, chacun voulant démontrer sa bravoure.

Certains hommes étaient tellement prévisibles !

Si seulement leur maître pouvait être comme eux… mais Alexander MacLeod était d'une tout autre trempe.

Lizzie profita du spectacle des affrontements, un léger sourire aux lèvres, en observant avec attention leurs réactions. Ils étaient plutôt bons, mais beaucoup manquaient de rapidité. Elle s'était suffisamment entrainée avec les hommes de son oncle pour savoir que ceux-ci se feraient tuer sur un champ de bataille face à des guerriers plus aguerris, faute de ténacité et de tactique. Craig, pourtant, sortait du lot ; lui n'était pas trop mauvais, mais avait des faiblesses. Il ressemblait tellement à Alexander que parfois le regarder lui faisait mal : l'absence du laird n'en était que plus difficile à accepter. Bizarrement, elle n'avait fait qu'augmenter son intérêt pour lui, c'était encore à n'y rien comprendre. Comment pouvait-on tomber amoureuse d'un absent et de l'idée que l'on s'en faisait ? Peut-être parce que tout le monde, tout le temps, à chaque seconde de chaque journée, parlait de lui. Alexander était sur toutes les lèvres. Tout le monde l'aimait, c'était ainsi, il était leur sauveur, leur héros !

Oui, Craig était beau, mais moins qu'Alexander.

À ses yeux, nul ne pouvait rivaliser avec lui, aussi bien en beauté qu'en carrure et en prestance.

Elle pouffa lorsque Craig se retrouva sur le dos, les quatre fers en l'air, les jambes fouettées par un jeune homme voulant manifestement se faire remarquer par Lizzie qu'il ne cessait d'observer à la dérobée. Craig éclata de rire et se redressa. Il se tourna dans sa direction, fit une petite révérence pleine de charme.

— Ceci est votre faute, ma dame, lança-t-il. Vous m'avez distrait.

Lizzie se mit debout, ôta sa besace de son buste pour la laisser tomber au sol, jeta son trognon de pomme aux poules qui picoraient le long du mur et s'avança.

— Vous m'en voyez désolée, là n'était pas mon intention. Cela dit, vous ouvrez trop votre flanc gauche quand vous attaquez et vous êtes légèrement déséquilibré, il est normal qu'un adversaire intelligent le remarque. Ce n'est certainement pas la première fois que vous vous retrouvez à terre, car je suis sûre que certains d'entre eux le savent, sans jamais vous l'avoir révélé. C'est certainement là leur petite revanche sur vous.

Elle avait eu la chance d'être élevée avec une liberté presque totale et elle avait pris l'habitude de s'entrainer depuis son plus jeune âge au combat à l'épée avec les garçons de la forteresse, juste pour s'amuser et pour leur montrer qu'une fille pouvait guerroyer au moins aussi bien qu'eux. Elle était rapide, souple, rusée et avait un sens tactique inné ; peu était capable de la battre. Jusqu'à ce que son oncle mette fin à ses entrainements lorsqu'elle fut plus âgée. Il n'était pas bienséant pour une jeune fille comme elle, héritière d'un laird, de s'adonner à ce genre de pratique. Il lui avait fallu apprendre les lettres, les arts, la danse, et comment bien se comporter avec un époux. Cette partie-là de son éducation, contrairement aux entrainements aux armes qu'elle avait continué en cachette, elle l'avait oubliée.

Durant son discours, Craig avait ouvert les yeux de plus en plus démesurément tandis que de discrets ricanements se faisaient entendre. Il n'avait pas le caractère enflammé d'Alexander, il était plus tempéré, mais pas pour autant dénué de fierté.

— Voyez-vous ça...

— Vous voulez que je vous montre ?

— Pardon ?

— Je peux vous apprendre à corriger votre défaut si vous le souhaitez. Cela vous évitera de vous faire humilier à l'avenir…

Elle assortit sa satire d'un sourire si charmant que Craig fut incapable de lui répondre. Lizzie avait également compris depuis longtemps le pouvoir de ce genre de sourire sur les hommes. Ils lui donnaient le bon Dieu sans confession sans imaginer un seul instant qu'il y avait derrière ses traits d'une beauté certaine une intelligence vive ainsi qu'un caractère fort. Son petit côté ingénu les laissait pour la plupart pantois et quand elle les envoyait paître d'un mot caustique, ils s'en allaient sans demander leur reste, la queue basse. D'autres, en revanche ne lui pardonnaient pas un tel affront, mais encore une fois, Lizzie n'en avait cure. Jusqu'à sa rencontre avec le laird, jamais aucun homme n'avait réussi à la dompter. Même

Campbell – s'il la retrouvait – échouerait ; il aurait beau la fouetter à lui arracher la peau du dos, elle ne demanderait pas merci. Alexander avait une tout autre forme de pouvoir sur elle, un pouvoir plus… charnel, plus subtil, plus dangereux aussi.

Elle profita de l'état de stupeur dans lequel était plongé Craig pour demander aux autres d'une voix douce :

— L'un d'entre vous aurait-il l'amabilité de me prêter son épée ?

Tous regardaient Craig, visiblement mal à l'aise, mais ce dernier entra dans son jeu et acquiesça. Lizzie eut peur, un instant, que nul n'ose braver le frère du laird, l'un de leurs chefs, quand le jeune homme qui ne cessait de l'observer avec attention depuis qu'elle était entrée dans la cour s'avança et lui tendit son épée.

— Sans doute sera-t-elle un peu lourde pour vous, ma dame, mais c'est une bonne lame.

Lizzie s'en empara et fit quelques mouvements de poignet, témoignant de son expérience des armes. Elle serait incapable de se battre à cheval, mais sur un champ de bataille, elle avait toujours su qu'elle arriverait à sauver sa peau. Elle ne s'était d'ailleurs entrainée qu'à cette fin : pour ne pas se retrouver désespérée et sans ressource si quelque chose ou quelqu'un menaçait sa vie. À son sens, toutes les femmes devraient apprendre à manier l'épée et le couteau, c'était une question de survie, là encore pour ne pas dépendre d'un homme.

Elle faillit éclater de rire en constatant leurs mines surprises.

— Elle me semble parfaite !

Elle fit face à Craig, mit la lame devant son visage.

— En garde, messire…

Craig lui répondit d'un sourire sarcastique, fit de même et se mit en fente avant. Aussitôt, la jeune femme lui fondit dessus, le prenant par surprise. Il para le coup, et les deux adversaires ferraillèrent un moment, à agilité égale. Le combat était relativement équilibré. Après quelques minutes, les hommes se mirent à applaudir et à encourager Lizzie, ravis du spectacle qu'elle leur offrait en se battant comme une enragée. Sans doute n'avaient-ils jamais vu une telle femme évoluer de la sorte ni ferrailler avec encore plus d'acharnement qu'un homme, palliant l'infériorité de sa force pure par la rapidité et la souplesse. Elle força Craig à découvrir son flanc gauche comme elle l'avait vu le faire précédemment. Elle fit mine de lui frapper le côté, et s'immobilisa.

— Voyez ! Là ! Revenez…

Craig reprit son équilibre, il venait de comprendre son erreur et lui fit un sourire entendu.

— Encore ? lança Lizzie, le mettant au défi.

Elle prenait tellement plaisir à ferrailler qu'elle en oubliait ses desseins, mais après tout, rien ne pressait.

— Eh comment ! s'écria Craig, à bout de souffle, mais visiblement ravi d'avoir trouvé un adversaire à sa mesure.

Craig se remit en garde et ils reprirent leur combat, tournant l'un autour de l'autre. Lizzie était en nage, de longues mèches s'étaient échappées de sa lourde tresse, mais elle exultait ; elle n'avait pas été aussi heureuse depuis des années. Évidemment, cela n'était pas le comportement d'une gente dame, mais elle s'en souciait comme d'une guigne.

Prise par l'excitation que lui procurait le combat, elle ne se rendit pas compte que les encouragements s'étaient interrompus et que des murmures les avaient remplacés, jusqu'à ce qu'il soit trop tard.

— Que se passe-t-il ici ? tonna soudain une voix près d'eux.

Craig glissa alors qu'il se fendait d'une botte et se retrouva à genoux tandis que Lizzie vacillait sous le coup de la surprise, emportée par son élan. Elle tangua, mais se reprit avec souplesse et se tourna. Lentement.

Il était rentré, enfin !

Et la colère dansait dans ses yeux, comme à son habitude, voire davantage.

Manifestement, il revenait du loch car ses cheveux, en arrière, étaient trempés et lui dégoulinaient sur les épaules. Son teint hâlé mettait en valeur ses prunelles vertes qui lui avaient tant manqué. Il n'avait jamais été aussi beau, aussi ténébreux, aussi dangereux. Et il l'en attirait que plus. Cela bouleversait ses plans d'évasion, mais elle était si heureuse de le voir qu'elle en aurait pleuré. Elle se força pourtant à demeurer impassible alors que son cœur menaçait à tout moment de jaillir de sa poitrine.

— Oh… laird ! Soyez le bienvenu ! fanfaronna-t-elle. Je donnais une leçon d'arme à votre frère ! Je crois lui avoir appris deux ou trois petites choses.

Il la toisa, les sourcils froncés, mais elle crut voir, avant cela, une lueur d'amusement traverser son sublime regard, mais elle devait sans doute avoir rêvé. Décidément, quel que soit le moment, cet homme était toujours d'une humeur massacrante !

— Et vous ? Êtes-vous aussi bon bretteur qu'on le dit ? ajouta-t-elle avec un sourire enjôleur.

Elle laissait entendre qu'elle savait des choses sur lui, mais il était trop tard pour s'en inquiéter, le mal était fait. Elle sentit les regards de Craig et des gardes sur eux. Pour la première fois depuis leur rencontre, Alexander sourit. Lizzie ne s'y attendait pas et ce merveilleux sourire lui coupa les jambes en plus de la faire chavirer. Le laird avait de belles lèvres, faites pour embrasser, et un sourire qui donnerait envie à n'importe quelle femme de se coucher dans le foin et de l'attirer dans ses bras. Lizzie ne fit pas exception. La chaleur habituelle lorsqu'il posait les yeux sur elle vint se loger entre ses cuisses, avec encore plus d'intensité qu'habituellement. Si elle devait ainsi augmenter au fil de leurs rencontres, la jeune femme avait la conscience intime d'être rapidement à la merci du désir du laird, qui là encore, troublait son regard.

— Meilleur encore !

— Je dois dire que j'ai rarement rencontré un homme aussi imbu de lui-même que vous l'êtes !

— Vous m'avez posé une question, je vous ai répondu, damoiselle.

— Oh… et cessez avec ce surnom ridicule ! Je le déteste.

Comme je vous déteste, vous ! eut-elle envie de lui crier.

Elle n'en fit rien, ne voulant pas le mettre en colère. Et en vérité, elle ne le détestait pas, ou plus… il avait juste la fâcheuse manie de la faire sortir d'elle-même et de la mettre dans une rage noire sans qu'elle ne puisse rien maîtriser, et pas seulement parce qu'il la retenait prisonnière. Il allait certainement lui répondre qu'il n'en avait que faire qu'elle aime ou n'aime pas, lorsqu'elle lui coupa l'herbe sous le pied :

— Cela vous amuserait-il de me montrer ? Peut-être qu'à votre tour vous pourrez m'apprendre deux ou trois petites choses ?

Il haussa un sourcil, et elle lui refit son irrésistible sourire.

— Vous ne risquez rien à essayer, laird ! Au pire des cas, vous passerez un bon moment !

Sous-entendu : cela ne doit pas vous arriver souvent !

Lizzie le bravait, et il détestait ça. Elle allait encore au-devant d'affrontements, mais elle passait un tellement bon moment qu'elle voulait le savourer jusqu'au bout. Les rires fusèrent, des sifflements ainsi que quelques : *allez, laird ! Vous n'allez pas vous laisser intimider par une femme !*

Finalement, elle les aimait bien ces gardes, et elle avait réussi, elle le vit, à gagner leur admiration, même si la plupart se seraient fait battre plutôt que l'admettre.

À sa grande et agréable surprise, Alexander s'inclina devant elle, sans pour autant se départir de son petit sourire que décidément elle ne comprenait pas.

— Vous avez raison, *damoiselle,* je ne risque rien !

Elle ne releva pas et lui tourna le dos. Elle sentait son regard sur elle, sur la courbe de ses reins. Elle y plaça les mains, pencha son buste vers l'arrière…

— Permettez que je me dénoue un peu avant toute chose, laird, mes muscles sont moulus.

Elle lui jeta un regard en coin et se réjouit intérieurement de le voir avaler sa salive, plusieurs fois, les yeux fixés sur elle, visiblement en proie à un grand émoi. Elle avait le sentiment de se donner en spectacle, de jouer un petit jeu dangereux, mais c'était pour une bonne cause : sa liberté ! Si elle arrivait à amadouer Alexander, il relâcherait lui aussi sa vigilance et elle pourrait alors s'échapper dans la journée comme elle l'avait décidé, ou dans les prochains jours.

Elle fit de grands moulinets avec le bras.

— Mmm… cela fait grand bien ! ajouta-t-elle en jetant de nouveau un regard en coin à Alexander qui la contemplait, les yeux écarquillés. Êtes-vous prêt, laird ?

Alexander se passa la main dans les cheveux et se mit en position.

Ils se tournèrent autour.

Le regard du laird devint impénétrable, mais après quelques attaques qui manquèrent de vigueur et qu'il contra sans presque aucun effort, il attaqua à son tour. Lizzie en fut désarçonnée. Alexander en profita pour faire claquer sa lame sur ses fesses dans un bruit cinglant. Elle se cambra, surprise et offusquée au plus haut point. Le laird venait de lui mettre une fessée devant tout le monde, déclenchant l'hilarité de ses gardes. Elle l'avait bien cherché, elle l'avait provoqué, elle se battait comme un homme et ce n'était pas son rôle, mais ce n'était pas une raison ! À son regard rieur, elle vit qu'il s'amusait beaucoup à lui rendre la monnaie de sa pièce.

Elle se rebella, mortifiée :

— Comment osez-vous ?

Elle lui fit face, se remit en garde, prête à l'affronter de nouveau. Son cœur battait à tout rompre, elle avait extrêmement chaud, le regard de ce diable d'homme avivait ses sens à un point jamais atteint en plus de l'avoir mise dans une colère dont elle ne savait ni comment ni quand elle en viendrait à bout, mais jamais elle ne s'était sentie aussi vivante qu'en ce moment-même.

— Attendez ! l'arrêta-t-elle, au moment où le laird se fendait encore.

Elle remonta le côté de sa robe sous la cordelette dorée qui lui ceignait les hanches pour diminuer l'entrave autour de ses jambes.

— C'est mieux ainsi !

Quand elle releva la tête, tous les hommes sans exception avaient les yeux sur sa cuisse découverte, sur sa peau blanche, et ceux d'Alexander semblaient les plus fiévreux.

— Laird ?

Alexander était immobile. Pourtant, il l'avait vue nue, ce qui était mille fois pire. À ce souvenir, ses joues s'enflammèrent. Et subitement, son esprit lui joua des tours et elle se prit à rêver qu'ils demeuraient nus, l'un en face de l'autre, à se dévorer du regard avant d'avancer lentement l'un vers l'autre, pour ensuite se découvrir et s'aimer. Leur union charnelle serait magnifique, incandescente, et merveilleuse de partage. Comme dans ces belles histoires d'amour que lui racontaient parfois ses servantes, qui les tenaient de leurs mères ; l'amour véritable, somme toute que rêverie, était sur toutes les lèvres des femmes de son clan, même si elles-mêmes ne l'avaient jamais connu. Jeanie lui avait appris durant toute son enfance et sa vie de jeune fille à ne pas croire en ces sornettes.

Elle revint au moment présent :

— Laird ? Vous paraissez bien absent tout à coup, quelque chose ne va pas ?

Alexander se secoua comme s'il avait été piqué par un taon.

— En garde, ma dame !

Et il attaqua. Mais il avait perdu en concentration. Son coup ne rencontra que le vide, et Lizzie lui rendit la pareille : elle se décala sur le côté au dernier moment et abattit son épée sur le postérieur du laird. Les hommes éclatèrent de rire et applaudirent à tout rompre, en scandant le prénom de Lizzie. Partout autour d'eux résonnait « Lizzie ! Lizzie ! », et Craig était certainement celui qui riait et applaudissait le plus fort, visiblement ravi du retournement de situation. Alexander gronda, chargea tel un buffle et se jeta sur elle. Lizzie laissa échapper un cri strident lorsqu'il la saisit à bras-le-corps, la poussant au sol. Au dernier moment, il la maintint contre lui d'un bras puissant, en amortissant leur chute de l'autre bras. Elle se retrouva couchée par terre, le laird au-dessus d'elle, une main dans son dos, bloquée sous elle, et l'autre à côté de son visage. Tandis que ses bras, à elle, s'agrippaient désespérément à son cou. Elle avait eu la peur de sa vie, tant les choses étaient allées vite, mais ne pouvait détacher son regard de celui d'Alexander dont le visage était si proche du sien qu'il lui suffirait de soulever la tête pour poser ses lèvres sur les siennes. Les rires et les sifflets fusèrent de nouveau. Leurs yeux ne se quittèrent plus, se fouillèrent, leurs respirations s'accélérèrent, mais au moment où Lizzie était persuadée qu'Alexander allait l'embrasser pour de bon, ce qu'elle se surprit à espérer de toute son âme, il se releva prestement et lui tendit la main.

Elle s'en empara.

Il l'attira à lui, puis la reçut contre sa poitrine. Là encore des rires et des applaudissements s'élevèrent. Lizzie ne comprenait plus rien, mais elle se rebella face à son sourire satisfait : il continuait à jouer avec ses nerfs et se moquait d'elle ! Elle avait beaucoup de mal à retrouver son souffle et son cœur battait encore à tout rompre : Alexander avait été si proche qu'elle avait encore la sensation du poids de son corps sur le sien, comme incrustée dans sa chair, et elle avait senti son désir contre son ventre. Un désir qui l'avait elle-même terrassée, la rendant presque incapable de respirer.

Il se recula, s'éloigna et lança par-dessus son épaule :

— Suivez-moi, j'ai à vous parler.

— Et si je ne le souhaite pas ? répliqua-t-elle en mettant ses mains sur les hanches et en gonflant la poitrine.

— Je vous charge sur mon épaule et je vous entraine de force.

Lizzie ramassa son épée.

— Essayez donc pour voir ! Je ne suis pas l'une de vos servantes, vous n'avez pas à…

Elle se tut subitement lorsqu'il revint vers elle à grands pas : son humeur à son égard avait changé. Elle ne comprenait pas ce revirement. Ses prunelles étaient presque chaleureuses. Elle eut la sensation qu'il avait envie de se ruer sur ses lèvres pour la faire taire plutôt que de la malmener, mais encore une fois elle devait se leurrer : pourquoi Alexander l'embrasserait-il devant tout le monde au risque de révéler à tous qu'elle lui plaisait ?

— Nous avons à parler, vous et moi, lui dit-il d'une voix douce. Alors, venez. Sans faire d'histoires. Vous ne le regretterez pas.

Elle fut si étonnée par son comportement qu'elle manqua de vaciller. Avait-il décidé de la séduire ? Il ne lui laissa pas le temps de répondre que déjà il s'éloignait, alors qu'elle n'avait pas donné son accord.

Ce n'était pas possible d'être aussi rustre ! Ce n'était pas de cette manière que l'on traitait une gente dame !

La partie rebelle de sa nature refit surface et elle ne bougea pas.

Mais au bout d'un moment, la curiosité fut la plus forte. « Vous ne le regretterez pas », avait-il dit. Qu'entendait-il par-là ? Qu'avait-il de si important à lui dire ?

Au risque de se ridiculiser, elle s'élança à sa suite.

Elle l'appela, plusieurs fois, mais ce diable d'homme fit semblant de ne pas entendre, ce qui la mit davantage en colère. Elle le suivit lorsqu'il entra dans la demeure, puis lorsqu'il traversa le vestibule pour ensuite longer un couloir sombre et entrer dans une pièce. Elle entra à sa suite, fit claquer la porte dans son dos alors qu'Alexander l'attendait, les bras croisés sur la poitrine.

— Cela tombe bien parce que j'ai moi aussi des choses à vous dire, espèce de malotru ! attaqua-t-elle.

Ses prunelles prirent une expression indéfinissable et Lizzie sentit son cœur avoir un soubresaut. Soudain, elle prit peur, elle était allée trop loin et elle lui avait manqué de respect, elle allait le payer, comme précédemment dans la lice.

Allait-il la faire fouetter ?

C'était ce que son oncle aurait fait.

Il avança vers elle, l'obligeant à reculer sous le feu de son regard. Il l'accula contre la porte, lui interdisant d'un regard impérieux toute velléité de retraite. Mais cette fois-ci, Lizzie n'avait plus aucune envie de fuir. Au contraire. Ce qu'elle vit dans ses yeux la fascina tellement qu'elle en eut le souffle coupé. Et soudain, les lèvres d'Alexander furent sur les siennes, qu'elle avait avancées, cédant à son irrésistible attirance pour lui tant il lui avait mis le sang en ébullition. Personne jamais ne l'avait embrassée et elle ne savait pas comment se comporter, mais en sentant l'insistance de la langue du laird contre ses lèvres, elle entrouvrit la bouche, et… fut entrainée dans un tel tourbillon de sensations qu'elle dut s'accrocher à ses épaules pour ne pas tomber. Elle gémit, éperdue. Elle était perdue, mais elle ne voulait plus qu'une seule chose : ne jamais cesser de l'embrasser.

L'embrasser jusqu'à la fin des temps.

Elle se pressa contre lui dans cette sorte de fièvre qui la submergeait et la bouleversait. Une fièvre qu'elle ne comprenait pas. Alexander accentua ses baisers qui se firent encore plus exigeants, encore plus passionnés. Lui aussi avait envie d'elle. Elle le comprenait à ses gémissements qui répondaient aux siens.

À sa grande honte, ce fut lui qui mit fin à leur baiser et la repoussa doucement, la laissant à bout de souffle. Il s'écarta, se passa la main dans les cheveux, signe chez lui, manifestement, d'une grande nervosité. Une main qu'elle crut voir trembler légèrement avant qu'il ne reprenne une totale maîtrise de ses émotions alors qu'elle-même restait pantelante contre la porte qui heureusement la soutenait. Un feu la consumait et la consumerait encore de nombreuses heures, vu son intensité.

Alexander lui caressa la joue, tendrement, et remit une mèche derrière son oreille. Il la regardait encore si intensément qu'elle se sentait défaillir.

— Pardonnez-moi. Je ne pouvais plus attendre.

Elle prit sa main, enlaça leurs doigts avant qu'il ne s'éloigne. Il lui était intolérable de le voir se détacher d'elle, alors qu'il lui avait fait toucher du doigt le paradis.

— Vous n'avez rien usurpé, Alexander, j'en avais envie moi aussi. Et je…

Elle voulait tellement être capable de le retenir.

— Ne m'abandonnez pas… j'ai besoin de vous… désespérément besoin de vous, Alexander, murmura-t-elle, la gorge serrée. Je ferai tout ce que vous exigerez pour ne plus jamais retourner auprès de mon oncle. Laissez-moi m'en aller… Je serais prête à me donner la mort plutôt que d'appartenir à Campbell.

Elle serra sa main.

— Vous savez de quoi cet homme est capable, Alexander, vous le connaissez…

La sincérité de ses paroles sembla le troubler et ses yeux se voilèrent lorsqu'il vit sa détresse, qu'elle ne chercha pas à lui dissimuler. Leurs regards, une fois encore, se soudèrent pour ne plus vouloir se séparer. Lizzie crut s'effondrer de nouveau lorsqu'il l'attira à lui pour la serrer dans ses bras.

— Taisez-vous, dit-il fébrilement, sa main enserrant sa nuque alors qu'il ramenait leurs doigts enlacés sur son cœur. Je suis malade à la seule pensée qu'il puisse vous toucher et vous faire du mal. J'ai bien réfléchi et je… épousez-moi !

Elle s'écarta, son cœur sur le point de rendre l'âme.

— Pardon ?

— Je n'ai pas cessé une seule seconde de penser à vous alors même que je voulais mettre de la distance entre nous. Je vous veux, Lizzie.

Elle serra ses mains sur sa poitrine, totalement perdue.

— Je vous ai voulue dès que mes yeux se sont posés sur vous, continua-t-il.

— Mon Dieu, mais… vous acceptez de me sauver, alors ? De me garder près de vous ? Je sais que vous ne pourrez jamais m'aimer, enchaina-t-elle, toujours volubile lorsqu'elle était fébrile, mais…

Il la prit contre lui et la fit taire d'un baiser.

Ses mots moururent dans leurs souffles mêlés.

— Taisez-vous, réitéra-t-il tout contre ses lèvres. Vous m'avez conquis, damoiselle… J'ai été conquis dès le début, mais sot que je suis, je l'ai ignoré.

— Pourquoi être tellement en colère contre moi, alors ?

Il glissa son pouce sur sa joue.

— Je ne suis qu'un pauvre laird sans le sou, Lizzie. Je ne sais pas si je mérite que vous mettiez tous vos espoirs en moi, même si je suis maintenant décidé à vous protéger et même si je dois y laisser la vie.

Elle posa sa main sur la joue d'Alexander et plongea au plus profond de son âme. Alexander était un homme bon, mais il avait tellement souffert qu'il n'avait plus confiance en la vie. Elle sentait qu'elle pouvait lui redonner cette confiance. Et elle le voulait de tout son cœur. Pour qu'il retrouve le sourire. Il était si beau lorsqu'il souriait...

— Ne dites pas ça, je vous en conjure. Je ne supporterais pas qu'il puisse vous arriver quelque chose de fâcheux à cause de moi.

— Avec vous à mes côtés, je serais capable de tout, Lizzie.

Son cœur se gonfla de joie, elle avait l'impression de rêver.

— Alors, c'est oui ? demanda-t-il, la voix rauque. Vous acceptez de devenir ma femme ?

— Oui, Alexander, j'en serais très honorée.

Il prit son visage entre ses mains et baisa ses lèvres avec passion.

Lizzie avait du mal à réaliser : Alexander allait être à elle ! Il allait l'épouser et la protéger. Sa vie allait devenir parfaite.

Alexander la souleva et la serra contre lui, visiblement aussi heureux qu'elle. Lizzie fit alors un vœu : qu'un jour, leur mariage d'arrangement se transforme en mariage d'amour.

Quand Alexander reprit ses lèvres fougueusement en la pressant davantage contre lui, Lizzie se fit la réflexion qu'il n'y avait pas homme plus ardent au monde, ni plus valeureux, et qu'elle aurait tôt fait de tomber amoureuse de lui. Mais ce qu'elle voulait par-dessus tout, avant cela, c'était connaître le plaisir charnel dans ses bras.

10

Ils passèrent plusieurs longues minutes à s'embrasser et à se câliner à l'abri des regards, sentant monter dans leurs corps la fièvre du désir ; ils n'eurent bientôt plus qu'une seule idée : s'appartenir. Mais pour laisser exploser cette fièvre, il fallait attendre d'être unis devant Dieu et les hommes. Et il y avait urgence. Aussi, Alexander envoya aussitôt l'un de ses gardes quérir un prêtre. Si tout se passait comme convenu, il serait là dès le lendemain. Les noces seraient donc célébrées le lendemain soir. Lizzie n'en revenait pas : dans un peu plus de vingt-quatre heures, elle deviendrait dame Alexander MacLeod. Élisabeth MacLeod. Son oncle s'en étoufferait de rage, mais elle serait enfin libre, et elle l'espérait, heureuse. Il n'avait pas la possibilité de la déshériter, les lois écossaises étaient ainsi faites, le domaine des MacDonald lui reviendrait à la mort de son oncle. Bien sûr, il pouvait toujours la faire occire, mais n'ayant pas d'autre héritier et étant trop vieux pour en faire, son domaine serait morcelé, revendu en parcelles et sa fortune irait dans les caisses du roi. En un mot, tout ce pour quoi Georg s'était battu toute sa vie n'existerait plus et son nom serait rayé de la surface de la Terre. Ce qui, tout fat qu'il soit, lui serait insupportable.

Lizzie était donc sûre d'hériter des terres de ses ancêtres puisqu'elle en était la seule dépositaire, par un coup du sort comme il en existait peu, mais la vie était ainsi faite.

Il n'y avait plus qu'à espérer que tout se passe bien, que le prêtre arrive sans encombre et les marie. Ensuite, elle pourrait souffler.

Combien de temps ?

Nul ne le savait.

Son futur époux était arrivé aux mêmes conclusions : quand Georg apprendrait la nouvelle qu'Alexander la détenait, il lèverait aussitôt une armée et s'allierait avec Campbell, pour faire d'une pierre deux coups : récupérer Lizzie et exterminer les MacLeod pour prendre leurs terres.

Alexander lui avait narré sa rencontre avec son beau-père et il était sûr que Kinkaid l'avait trahi sitôt son départ. Qu'à cela ne tienne, quand la rencontre pour les pourparlers aurait lieu, comme c'était l'usage dans ce genre de litige afin de trouver un accord amiable au conflit, Alexander la revendiquerait comme son épouse légitime, et… soit Georg et Campbell repartiraient la queue basse, soit il y aurait la guerre.

Selon eux, il y aurait la guerre, et ils devaient s'y préparer.

Quand ils entrèrent dans la pièce commune, leurs doigts enlacés, les convives déjà attablés en lâchèrent leurs cuillères dans leurs écuelles. Pour ne pas les faire attendre davantage, Alexander prit la parole, le sourire aux lèvres :

— Mes chers amis, je suis aujourd'hui un homme heureux.

Il se tourna vers Lizzie, la regarda intensément comme lui seul savait le faire. Un regard qui lui promettait bien des délices.

— Élisabeth MacDonald, ici présence, m'a fait l'honneur d'accepter de devenir ma femme !

Après un instant de stupeur, Craig se leva pour applaudir, suivi de près par Ewen, puis par le reste de l'assemblée.

Alexander leva la main pour réclamer le silence.

— Avant la fin du mois, les MacDonald seront à nos portes pour me ravir ma femme, dit-il d'une voix forte. Et nous serons prêts ! L'heure de notre vengeance tant attendue a enfin sonné !

Tous les hommes autour de la table applaudirent et crièrent leur accord.

Ils avaient envie d'en découdre en souvenir de tous ceux qu'ils avaient perdus. Leurs visages étaient illuminés d'une force intérieure, leurs yeux brillaient. Beaucoup ne vivaient que pour avoir une revanche sur le clan MacDonald, et le désir de vengeance était sur toutes les lèvres depuis cinq longues années. Tous regardaient avec dévotion Alexander qui les conduirait à la bataille et qui continua sur sa lancée :

— Craig, prends quelques hommes et ratissez large pour trouver des hommes en âge de se battre, puis tu les entraineras sans relâche tous les jours jusqu'à nouvel ordre. Murtag et Flynn, vous irez visiter les bûcherons du domaine, je veux des pieux d'un mètre cinquante, très pointus. Puis vous irez voir les forgerons pour qu'ils fabriquent des lances et des haches, autant qu'ils le pourront. Je veux qu'ils travaillent jour et nuit durant une quinzaine. Ensuite, nous acheminerons tout ici, puis nous préparerons des pièges, je vous en parlerai en temps voulu. Préparons-nous à la guerre, mes amis, et cette fois-ci, Dieu sera avec nous ! cria-t-il en élevant sa main vers le ciel.

— À mort les MacDonald ! scandèrent les hommes en retour, le poing levé.

Malgré elle la tristesse envahit le cœur de Lizzie en les entendant menacer de mort son oncle et les hommes de son clan ; des hommes qu'elle connaissait depuis toute petite. Elle aurait voulu que cela se passe autrement, que Georg la marie à un homme bon avec lequel elle aurait pu être heureuse, et la conduise en personne à l'autel. Mais au lieu de cela, il avait fait le choix de l'acculer et de lui imposer un homme cruel qui l'avait durement frappée la première fois qu'il l'avait vue et aussitôt faite prisonnière dans sa chambre. Si Jeanie ne l'avait pas libérée, Dieu seul savait où elle serait aujourd'hui. Sans doute déjà morte sous les coups de Campbell ou parce qu'elle se serait tuée. La jeune femme ne regrettait pas un seul instant de s'être enfuie, mais regrettait amèrement ce qui allait en découler même si lier sa vie à un homme comme Alexander était plus qu'elle ne pouvait espérer. Aujourd'hui, la vie de tous ces gens était en danger, dans un camp comme dans l'autre. Elle était malheureuse d'être le prétexte à cette violence qui se déchainerait, tout en étant consciente que les MacLeod ne se battraient pas que pour elle, mais aussi pour leur vengeance et leur droit de vivre. En vérité, ils n'avaient pas le choix, les Highlands étaient impitoyables : c'était tuer ou être tué.

Alexander les mènerait à la bataille et Lizzie prierait de tout son cœur pour qu'il ne lui arrive rien et pour qu'ils en sortent sans trop de dommages ni de morts.

Tous se levèrent pour venir les embrasser et les féliciter.

Lizzie n'avait pas trouvé qu'un mari en venant sur les terres MacLeod, elle y avait également gagné une famille dont les membres semblaient déjà la considérer comme l'une des leurs et respectaient le choix de leur maître. Elle se laissa embrasser de bonne grâce et répondit par un mot gentil à chacun, sans cesser de sourire. Son regard croisa celui d'Alexander. Lui aussi souriait, visiblement heureux de l'accueil que faisaient ses gens à l'annonce de leur mariage. Puis, cérémonieusement, il lui tendit la main. Elle y logea la sienne et se laissa entrainer vers la table monumentale où ils prenaient leur repas tous ensemble et où l'attendait le siège seigneurial. On lui fit une place à ses côtés, en tant que future femme du laird, et elle en conçut une incroyable fierté.

Oui, elle serait bientôt l'heureuse épouse de cet homme hors du commun dont la valeur n'avait d'égal que le courage et dont la renommée était connue dans toutes les Highlands. Elle était aux anges. Surtout que dès que les servantes commencèrent le service, elle sentit la cuisse d'Alexander venir au contact de la sienne. Il avait tout le temps envie de la toucher ; il le lui avait avoué, et montré, en ne cessant de l'embrasser lorsqu'ils étaient restés enfermés dans la pièce d'où il gérait l'intendance de son domaine. Elle avait cru s'évanouir de désir lorsqu'il avait emprisonné ses seins à travers le fin tissu de sa robe tout en l'embrassant fiévreusement. Il avait veillé à réfréner ses ardeurs pour ne pas succomber à ses propres élans alors qu'elle était déjà perdue, découvrant les caresses d'un homme pour la première fois et son corps s'éveiller à la sensualité. Les yeux fermés, elle avait savouré chaque instant et elle aurait voulu qu'ils durent toujours.

Elle parcourut l'assemblée des yeux.

Oui, ces gens étaient sa nouvelle famille. Ils la protégeraient au péril de leur vie et elle leur rendrait au centuple ce qu'ils feraient pour elle. Elle se jura d'être une bonne maîtresse et de veiller sur eux et leur confort.

Ils discutèrent plans de bataille et Alexander donna ses ordres : il leur faudrait plus d'hommes, plus d'armes, de boucliers et plus de vivres. Puis ils parlèrent des noces, qui finalement passaient au second plan. Lizzie écoutait, sans prendre part à la conversation, comme c'était l'usage. Elle attendrait d'être seule avec Alexander pour le questionner et lui donner son opinion, en espérant qu'il l'écouterait. Elle espérait également qu'ils formeraient un couple uni et qu'ils seraient patients l'un envers l'autre, car ce n'était pas leur fort. Ils avaient tous deux des caractères enflammés et il y aurait fatalement des étincelles.

Alexander prit la main de Lizzie qui reposait à côté de son écuelle.

Il embrassa ses doigts en plongeant ses merveilleux yeux verts dans les siens.

— Vous comprenez, n'est-ce pas, l'urgence de notre union ? J'espère que vous n'êtes pas chagrinée.

— Je ne le suis pas, Alexander. Il vaut mieux nous unir rapidement.

Plus vite ils seraient mariés, plus vite elle serait sous la protection d'Alexander et échapperait à la convoitise de Campbell.

— Ce sera une belle fête, ajouta-t-il, les yeux brillants.

— Je n'en doute pas une seule seconde…

Ils se regardèrent intensément, se sourirent, heureux de ce qu'ils lurent dans les yeux de l'autre. Lizzie se sentit tressaillir des pieds à la tête : le désir d'Alexander la brûlait.

Sitôt le repas achevé, les hommes à qui Alexander avait confié une mission s'échappèrent comme une nuée de moineaux de la forteresse. Comme aucune autre tâche ne requérait sa présence,

Alexander proposa à Lizzie une promenade jusqu'au loch. Qu'elle s'empressa d'accepter. Elle le découvrait charmeur, charmant, et il ne cessait de la fasciner, en plus de la ravir. Il semblait enfin apaisé et vraiment ravi lui aussi de l'épouser, malgré le fait que ce soit un mariage d'arrangement et non d'amour, et malgré les circonstances.

Ils n'étaient pas très loin du loch lorsqu'il lui embrassa de nouveau le bout des doigts. Il n'avait pas lâché sa main depuis le départ de la demeure. Ils étaient seuls. Pour le moment, ils ne craignaient rien et pouvaient aller tranquilles. Les sentinelles avertiraient Alexander sitôt que des troupes MacDonald entreraient sur son territoire. Lizzie, quant à elle, ne craignait pas pour sa vie, son oncle et Campbell avaient besoin d'elle vivante. Non, dorénavant, elle tremblerait pour Alexander, que chaque moment passé en sa compagnie lui rendait plus précieux. Plus les minutes défilaient, et plus Lizzie se sentait proche de son futur époux. Mais ce qui faisait grimper sa nervosité, c'était de penser à ce qu'il lui ferait enfin, après leurs épousailles.

Comment allait-il se comporter avec elle ?

À entendre la plupart des femmes de son clan, les hommes ne pensaient qu'à leur propre plaisir et n'avaient que faire de celui de leurs épouses. Jeanie lui avait assuré que la chose serait vite faite, qu'elle aurait mal, mais que la douleur serait supportable.

Elle ne savait comment son futur époux se comporterait, mais ce qu'Alexander lui avait fait ressentir, juste en l'embrassant, lui laissait à penser que peut-être il était différent des autres hommes. Il était doux, patient, il avait su éveiller ses sens avec quelques caresses appuyées, sans être dérangeantes. Il savait qu'elle était pure, évidemment, et elle était persuadée qu'il saurait s'y prendre pour qu'elle n'ait pas trop mal.

— J'espère que vous m'avez pardonné d'être entré dans votre chambre comme je l'ai fait l'autre jour, s'enquit Alexander d'une voix douce.

— Vous voulez dire quand vous m'avez vue nue ? répondit-elle, les yeux brillants.

Elle se souvint de son regard pénétrant sur son corps. Et de ce qu'elle avait ressenti alors. Quelque chose avait changé entre eux à partir de ce moment-là ; leur désir l'un pour l'autre avait été évident, et ils avaient compris qu'ils se plaisaient, s'attiraient et se voulaient.

— Cela n'a pas semblé vous déplaire, remarqua-t-il avec un charmant sourire en coin.

— Je n'ai aucun problème avec la nudité.

— Comment cela se fait-il ?

Lizzie prit un brin de luzerne qu'elle entreprit de mordiller pendant qu'ils allaient à pas lents, profitant du bon air, du soleil qui les éblouissait un peu, du calme, et de la beauté du lieu.

— J'ai été élevée par une nourrice un peu étrange et je n'ai pas eu de mère pour me protéger plus que nécessaire. Mais j'ai beau être libérée, je n'en suis pas pour autant une fille facile, ajouta-t-elle, quelque peu provocante.

— Ça, je n'en doute pas un seul instant, répondit Alexander.

Elle prit un air malicieux, demanda :

— Cela vous dérange-t-il, mon futur époux ?

— Pas le moins du monde !

Ils se sourirent, ravis de cette connivence, qui doucement, s'installait.

Ils arrivèrent près du loch. Alexander l'entraina sous les arbres pour être à l'abri de la chaleur, et s'arrêta tout près de celui au pied duquel Lizzie avait caché sa robe. Il s'allongea et voulut l'attirer à lui mais Lizzie résista. Il la laissa lui échapper, surpris. Elle ne voulait pas démarrer leur union avec des dissimulations. Elle sentit son regard dans son dos quand elle alla récupérer sa vêture.

— Qu'est-ce que ceci ? l'interrogea-t-il lorsqu'elle vint s'asseoir à ses côtés.

Il semblait curieux, simplement. Depuis qu'ils avaient décidé de se marier, Alexander était d'une patience d'ange et pas une seule fois elle n'avait vu de colère dans ses yeux, mais elle souhaitait ne pas le contrarier ni être une source d'ennuis supplémentaire, aussi, elle lui coula un regard quelque peu contrit :

— Une robe que j'ai cachée. Dans l'espoir de m'échapper.

— Oh… je vois…

Un éclair amusé passa dans ses yeux et un sourire en coin vint parer son visage. Il lui prit le bras, l'attira à lui, et se coucha sur elle. L'attaque fut si rapide qu'elle n'eut pas le temps de résister, seulement celui de pousser un petit rire de gorge qui alluma aussitôt un éclair de désir dans les prunelles du séduisant laird.

— Maintenant que vous me connaissez mieux, avez-vous encore envie de me fuir, *damoiselle* ?

Alexander était au-dessus d'elle, comme précédemment dans la cour. Et comme tout à l'heure, elle sentit son membre durcir contre son ventre. Il avait envie d'elle, comme elle se mourait de désir pour lui. Il leur suffirait de relever, elle, sa robe, et lui, son kilt pour qu'ils s'unissent, mais cela ne serait pas raisonnable. Pas raisonnable du tout.

Lizzie ne put pourtant résister à l'envie de passer ses bras autour de son cou.

— Non, mon seigneur. Maintenant, je veux rester avec vous. Jusqu'à la fin de mes jours.

Alexander baissa son visage empreint de gravité vers le sien, lentement. Si lentement qu'il la mit au supplice. Lizzie sentit son cœur s'emballer. Elle voulait qu'il l'embrasse encore et encore comme il savait si bien le faire, elle voulait sentir de nouveau la fièvre de l'accouplement flamber dans son corps. Enfin, après l'avoir contemplée intensément, il prit ses lèvres. De léger, leur baiser devint rapidement passionné et sans que Lizzie y prenne garde, son bassin alla à la rencontre du membre d'Alexander. Elle gémit, le souffle court. Elle avait envie de plus, de mille fois plus. Alexander se déplaça et pressa son membre contre son entrejambe, la faisant se cambrer de plaisir et pousser un petit gémissement rauque.

— Vous me rendez fou, gronda le laird tout contre son cou.

Il l'embrassa derrière l'oreille avant d'en prendre l'extrémité entre ses lèvres. Un long et langoureux frisson la traversa. Son envie de lui devint irrépressible. Mue par un pur instinct venu du fond des âges, Lizzie posa ses paumes sur les hanches d'Alexander et se frotta à lui. Elle voulait le sentir *là*, elle voulait qu'il la prenne, maintenant, qu'il la fasse sienne et qu'il lui fasse sentir sa toute-puissance. Elle n'avait rien voulu aussi fortement de toute sa vie et fut surprise par la violence de ses sentiments qu'elle découvrait. Son ventre était douloureux tant elle avait envie de cet homme.

— Non, damoiselle, pas encore…

Elle comprit qu'elle l'avait supplié de la prendre, là, tout de suite. Elle n'en pouvait plus.

— Faites-moi confiance, ce n'en sera que meilleur. Mais je peux au moins vous donner ça…

Alexander reprit ses lèvres avec fièvre. Il se décala et glissa une main entre ses cuisses, sous sa robe. Quand ses doigts vinrent caresser sa féminité, tout doucement, pour ensuite s'immiscer à son orée tandis que sa langue s'enroulait autour de la sienne, elle crut être sur le point défaillir tant son plaisir était grand. Elle répondit avec ferveur aux baisers enfiévrés d'Alexander. Il gémit dans sa bouche, tout en faisant glisser ses doigts le long de ses chairs brûlantes, enflammant son ventre de plus en plus. Lizzie sentit une intense chaleur dans le bas-ventre, ses jambes se mirent à trembler, quelque chose enfla dans son corps, dans sa tête, une chose incandescente qui ne demandait qu'à éclater.

— Ne bougez surtout pas…

Lizzie vit avec stupeur Alexander longer son corps et passer sa tête sous sa robe. Elle n'avait pas envie de bouger, elle n'avait pas peur. Tout son être trembla quand Alexander posa ses lèvres sur sa féminité qu'il lécha avidement puis de plus en plus intensément. Alexander la rendait folle. Folle de passion. Le laird continua ce ballet pendant de longues minutes. Il la lécha, la caressa, entra sa langue à l'intérieur de son corps pour la faire aller et venir, lapa avec avidité ce qui s'en échappait. Il y mettait de la fièvre, de la passion, de la dévotion. Lizzie se sentait adorée, choyée, et son cœur vibrait d'une intense émotion. Jusqu'à ce que la boule monstrueuse dans son ventre éclate enfin. Tout son corps se raidit quand elle jouit, pour la toute première fois de sa vie. Ce fut si intense qu'elle éclata en sanglots.

Alexander la prit dans ses bras et la berça jusqu'à ce que ses larmes se tarissent. Quand elle releva la tête, elle vit qu'il souriait.

— Ce sera toujours comme cela ? demanda-t-elle, éblouie.

— Non, meilleur !

Lizzie ne put s'empêcher d'éclater de rire. Son arrogance l'amusait, mais elle ne demandait qu'à le croire.

11

Dans moins d'une heure, Élisabeth MacDonald deviendrait dame Alexander MacLeod !

Dans sa tête n'arrêtaient pas de tourner en boucle ce qu'il lui avait fait au bord du loch et ce qu'il lui avait fait ressentir. À cette pensée, son ventre se tordit. Alexander l'avait câlinée de longues minutes après avoir capturé ses larmes de jouissance du bout des lèvres et, la tête dans le creux de son épaule, elle avait sombré dans un sommeil apaisé. Elle ne s'était jamais sentie aussi bien. Son corps s'était détendu après s'être abreuvé à la source du plaisir.

Alexander n'était pas un homme comme les autres, et il le lui avait prouvé en ne pensant qu'à son plaisir à elle alors qu'il souffrait de ne pas la posséder véritablement, elle avait vu ses mâchoires se serrer alors qu'il la caressait du bout des doigts. Il avait envie d'elle, terriblement, mais il savait également qu'il lui fallait attendre. Il avait fait passer leur honneur avant son propre désir et cela l'avait bouleversée. Alexander était un homme bon et généreux. Il lui serait facile de l'aimer.

« Cela n'en sera que meilleur », avait-il dit.

Il lui tardait maintenant de l'accueillir dans son corps pour voir à quel point l'acte d'amour entre un homme et une femme pouvait être merveilleux. Elle était sûre qu'il le serait. Dans quelques heures, après la cérémonie suivie du repas, elle serait toute à lui. Corps et âme. Elle ne respirait plus que pour ce moment.

Après qu'ils eurent regagné la demeure, Alexander l'avait laissée aux bons soins de Térésa pour aller voir ses gardes. Il lui fallait encore prendre des décisions et préparer la bataille. Le cœur de Lizzie s'était serré : Alexander lui était déjà tellement cher qu'elle ne pouvait pas s'empêcher d'avoir peur pour lui. Avec l'intime conviction que cette peur ne la quitterait plus jamais.

Ils avaient passé la soirée avec les autres devant l'âtre, chacun y était allé de sa chanson ou de son histoire, puis il l'avait accompagnée à sa chambre. Là, il l'avait embrassée fiévreusement, en la pressant contre lui.

« Demain, à cette heure-là, damoiselle, vous serez toute à moi ! », avait-il déclaré avant de la quitter, la laissant sur sa faim et dévorée de désir.

Oui, dans moins d'une heure, elle épouserait l'homme qui faisait battre son cœur un peu plus vite et entre les mains duquel elle remettait sa vie. Il était parti à l'aube avec ses hommes, elle ne l'avait pas vu de la journée et il lui avait manqué. Atrocement. Comme elle n'avait aucun moyen de savoir où il était, ni si tout allait bien, elle n'avait pas d'autre choix que d'attendre en espérant qu'il serait à l'heure pour la cérémonie.

Le prêtre était déjà là, ce qui en soi était une bonne nouvelle. Il demeurait dans la pièce commune où Térésa lui avait offert une petite collation pour le faire patienter et lui permettre de se reposer après le long chemin parcouru.

Dans la quiétude de la chambre, Térésa et Katel s'occupèrent de la future mariée. Après l'avoir baignée, parfumée, elles l'aidèrent à se vêtir. Comme Lizzie n'avait pas eu le temps ni les moyens de se procurer une nouvelle tenue, elle fit le choix de mettre sa belle robe rouge aux crevés dorés et au décolleté carré qu'Alexander avait eu l'air d'apprécier le premier soir. Ses yeux l'avaient dévorée lorsqu'elle avait pris place aux côtés d'Ewen. Il fallait dire qu'avant cela, il l'avait vue nue, et certainement en conservait-il un souvenir cuisant. Tout comme elle.

Elle ceignit sa taille avec la cordelette dorée et décida de laisser ses cheveux libres, leurs lourdes boucles nappant son dos et ses épaules.

— Vous êtes très belle, ma dame, dit Katel, visiblement admirative, tandis que Lizzie lissait sa robe sur ses cuisses, sentant la nervosité la gagner.

Elle prit les mains de Katel entre les siennes, avec l'envie de lui dire qu'elle aussi serait merveilleuse en mariée avec sa taille de guêpe, son teint de pêche, ses taches de rousseur et ses longs cheveux blonds, mais ne voulant pas l'attrister, elle n'en fit rien, se contentant de dire :

— Merci, Katel. Et merci d'être mon amie. J'aimerais, si tu le veux bien, que tu quittes les cuisines pour être à mon service.

— Oh… rien ne me ferait plus plaisir, ma dame.

Elle en avait les larmes aux yeux.

— Térésa, seriez-vous d'accord ? demanda encore Lizzie en se tournant vers l'intendante. Évidemment, j'en ferai la demande à mon époux dès demain.

Elle espérait vivement qu'il accepterait.

— Quelque chose me dit qu'il aura bien du mal à vous refuser quoi que ce soit, ma dame, répondit l'intendante avec un sourire entendu.

Visiblement, les choses de l'amour ne la rebutaient pas, à la différence de Jeanie, et la veille, quand ils étaient rentrés de promenade, Térésa n'avait pas manqué de remarquer ses joues rouges et ses yeux brillants. Elle n'avait fait aucune remarque, mais avait souri ; d'un sourire de connivence.

— N'avez-vous pas peur, ma dame ? demanda Katel, rougissante.

Lizzie, qui n'avait pas lâché ses mains, lui fit un sourire engageant.

— Si, un peu, bien sûr. Mais je suis sûre que le laird sera patient, et qu'il me traitera bien.

— À ce qu'il paraît, il était adorable avec Maddie, et elle semblait très heureuse.

— Katel ! Veux-tu bien te taire ! la sermonna sa grand-mère.

— Laissez, Térésa, je vous en prie. Cela ne me dérange pas de parler de Maddie. Je sais qu'Alexander l'aimait énormément et sans doute ne m'aimera-t-il jamais autant, mais… s'il pouvait déjà être gentil avec moi et me respecter, ce serait parfait.

Térésa vint à son tour saisir l'une de ses mains, qu'elle lui abandonna volontiers. La tendresse des deux femmes lui faisait du bien et mettait un baume apaisant sur son cœur douloureux à l'idée de ce qui les attendait tous.

— Je suis sûre que notre maître vous aimera, ma dame. Ce que je lis dans ses yeux ne saurait mentir, vous comptez déjà beaucoup pour lui. Comment pourrait-il en être autrement ? Vous êtes charmante. Différente physiquement de Maddie, certes, mais par certains côtés, vous me faites penser à elle. Notre maîtresse était vraiment une belle personne. Tout comme vous, ma dame.

— Merci pour ces bons mots, Térésa, ils me vont droit au cœur. Vous êtes tellement gentilles toutes les deux. Personne ne m'a jamais traitée comme vous le faites.

— Ah bon… mais… vous êtes l'héritière MacDonald ! Comment cela se peut-il ? s'étonna Katel.

— Je ne sais pas. Sans doute parce que mon oncle n'est pas quelqu'un de gentil. Les gens de mon clan me craignaient ou m'utilisaient, mais ils ne m'aimaient point.

— Notre maître vous aimera, ma dame, j'en suis persuadée, ajouta Katel.

Lizzie l'espérait. En tout cas, elle ferait tout pour, car elle était sûre, pour sa part, de déjà l'aimer.

Alexander, debout dans la salle commune où se déroulerait la cérémonie de ses noces, était nerveux. Pas de se marier, Lizzie lui plaisait infiniment, elle avait mis le feu à son corps d'homme avec ses cris de jouissance, la veille, près du loch, il sentait en elle une sensualité qui ne demandait qu'à s'exprimer et s'épanouir, mais leur avenir était incertain et peu importait de quel côté il regardait, il ne voyait pas d'issue heureuse. Leurs ressources étaient maigres, leurs défenses inexistantes, la muraille menaçait de s'effondrer par endroits et ne leur permettrait pas de tenir un siège bien longtemps. Certes, il avait pour un temps tiré Lizzie des griffes de son oncle, mais jusqu'à quand ? S'il était battu, le MacDonald la récupérait, ferait annuler le mariage et la vendrait à Campbell. Il avait fait un mauvais choix, il aurait dû l'aider à s'enfuir plutôt que la retenir prisonnière pour l'utiliser. Finalement, elle avait raison, il ne valait pas mieux que ces ordures qui s'étaient servies d'elle. Il espérait qu'elle ne lui en tenait pas rigueur, mais à la façon dont elle se comportait avec lui et le regardait, il avait le sentiment que non.

Mais… ce qui était fait était fait et il n'y avait plus à y revenir.

Au moins, il essaierait de lui donner le meilleur de lui-même, de la chérir tout le temps qu'ils passeraient ensemble. Il en avait besoin. Peut-être ces moments de bonheur partagés dans l'adversité réussiraient-ils à guérir son âme.

Élisabeth était son ultime espoir d'être heureux.

Et il savait qu'il pouvait lui apporter beaucoup lui aussi.

Craig vint lui taper l'épaule.

— Alors, mon frère, nerveux ?

— Oui, mais impatient aussi !

— Je te comprends, ta future épouse est merveilleuse.

Oh que oui… il en avait eu un avant-goût…

Il lui tardait de la faire sienne. Pourvu que rien ne vienne contrarier leur nuit.

Alexander revint au sujet qui le préoccupait :

— J'ai fait le tour de la forteresse et d'une partie du domaine, ce n'est pas très reluisant. Mais j'ai peut-être une solution.

— Que comptes-tu faire ?

Il s'apprêtait à lui répondre quand Lizzie apparut. Il en eut le souffle coupé tant elle était magnifique dans sa robe rouge qui lui avait tant plu le premier soir et qui lui faisait un port de reine en plus de mettre sa taille fine et ses nombreux atouts en valeur. Alexander crut rêver : elle était superbe, la plus belle fille qu'il avait jamais vue.

Leurs regards se trouvèrent pour ne plus se lâcher et il se sentit ému. Certes, leur histoire était pipée depuis le début et n'était qu'un arrangement, mais il y avait plus, il le savait ; de sa part du moins. Que cette femme merveilleuse veuille de lui, lui donnait la force et la volonté de se battre pour ce en quoi il croyait et pour les siens. Il n'avait pas menti : il la protégerait jusqu'à la mort. Oui, elle avait choisi de l'épouser alors qu'elle aurait pu s'échapper, elle l'avait même prévu et, déterminée comme elle l'était, un jour ou l'autre elle aurait trompé la vigilance de ses gardes et se serait enfuie. Mais elle avait décidé de son plein gré de rester avec lui et cela le rendait extrêmement heureux.

Elle serait sa force…

Soudain, le silence se fit lorsque Lizzie entama sa marche vers lui. Chacun retenait son souffle, visiblement ébahi par l'apparition. Le dos droit, elle fendit la foule constituée d'une centaine de personnes du clan venue assister aux noces, qui s'ouvrit telle une mer devant elle. Ses yeux ne quittaient plus les siens et ce qu'il y vit le fit frémir d'émoi : un désir vibrant, de la reconnaissance, de la confiance… Il avait quant à lui conscience que la vie lui faisait un cadeau inestimable en lui redonnant la possibilité d'être heureux après lui avoir arraché les deux êtres qu'il aimait le plus au monde, Maddie et leur bébé. Aussi, il comptait profiter de chaque seconde de la soirée, de sa nuit de noces et des quelques heures de répit qu'ils auraient avant que leurs ennemis ne soient à leurs portes, comme si c'étaient les dernières.

Quand Lizzie fut devant lui, il lui prit la main et la porta à ses lèvres. Il la sentit frémir elle aussi. Ses prunelles ardentes le dévoraient. Manifestement, elle avait hâte de se retrouver seule avec lui et de continuer ce qu'ils avaient si bien commencé. Lui aussi était impatient. La lueur dans l'œil de sa promise lui échauffait le sang ; leur nuit serait mémorable. Ce n'était pas le lieu et encore moins le moment, le prêtre les attendait, mais le désir le cloua sur place. Il se reprit, ouvrit le sporran[2] qu'il avait autour de la taille par-dessus son plus beau kilt de la couleur de son clan, jaune et rouge, et en sortit un collier.

---

[2] Petite sacoche palliant le manque de poche des kilts.

— Il était à ma mère, dit-il simplement. J'aimerais beaucoup que vous le portiez.

Les yeux de sa promise s'emplirent de larmes.

— Bien sûr, avec plaisir. J'accepte tout de vous…

Sa promesse de lui appartenir corps et âme, d'accepter de porter ses enfants – ce qu'il désirait le plus au monde –, fit bondir son cœur dans sa poitrine. Il la pensait rebelle et capricieuse, il la découvrait à sa grande surprise juste et loyale. Elle serait une épouse aimante et dévouée, il en était persuadé.

Lizzie lui tourna le dos et souleva ses cheveux pour lui permettre de lui attacher le collier autour du cou. Quand ce fut fait, elle se retourna face à lui et toucha la pierre du bout des doigts, un rubis cerclé d'or dont la couleur se mariait admirablement avec sa robe et rehaussait sa peau d'albâtre, tout comme le ruban de velours noir mettait en valeur son cou gracile. Une larme glissa le long de sa joue, il eut aussitôt envie de la capturer avec ses lèvres comme il l'avait fait avec ses larmes de jouissance.

— Il est magnifique, Alexander. Merci, infiniment…

Elle lui fit un sourire qui réchauffa son cœur tandis que la foule applaudissait à tout rompre, témoin de leur bonne entente et de leur bonheur futur.

Il lui tendit alors la main. Lizzie y posa ses doigts fins et ensemble, suivis par le clan, ils se dirigèrent cérémonieusement vers le prêtre qui les attendait au pied de l'estrade où étaient installés non plus un seul, mais deux trônes, recouverts de peaux. Lizzie comprit l'attention et ses yeux brillaient quand elle les reporta sur lui. Il lui sourit, lui embrassa les doigts, confiant : ils gouverneraient le clan ensemble, comme un couple uni. Leur mariage serait heureux et Lizzie était celle qui lui convenait, il en avait maintenant la certitude. Il avait bataillé contre son intérêt pour cette femme arrivée dans sa vie comme une tornade, il l'avait repoussée au fond de son esprit tant il souffrait de trahir Maddie, mais il avait le droit d'avoir une nouvelle chance d'être heureux. Il ne pouvait pas passer à côté, même si elle risquait d'être éphémère. Peu importait ! Il prendrait tout ce qu'il y avait à prendre, et advienne que pourra !

Pendant la courte messe, Alexander ne cessa de prier pour que Dieu bénisse son mariage et protège son épouse, ses frères, son oncle et son clan.

Sur l'ordre du prêtre, ils se firent ensuite face et joignirent leurs mains. Il les recouvrit d'un tissu blanc transparent et béni, comme c'était la coutume, liant ainsi leurs vies et leurs destins.

— Alexander MacLeod, tonna le prêtre d'une voix claire, consentez-vous à prendre pour légitime épouse Élisabeth MacDonald ici présente, à l'aimer et l'honorer, dans la joie comme dans l'adversité, jusqu'à ce que la mort vous sépare ?

Ses yeux plongés dans ceux de Lizzie, il répondit un grand et fort « oui, je le veux ! »

Le regard de Lizzie brilla, et il s'y perdit un instant.

— Élisabeth MacDonald, consentez-vous à prendre comme légitime époux Alexander MacLeod ici présent, à l'aimer et l'honorer, dans la joie comme dans l'adversité, jusqu'à ce que la mort vous sépare ?

— Oui, je le veux !

Sa voix était aussi claire et forte que la sienne.

— Par les liens sacrés du mariage, je vous déclare mari et femme !

Alexander ôta le linge consacré, fit un geste du menton à Craig et ce dernier s'approcha après s'être emparé du couteau qui pendait à sa ceinture. Il entailla le poignet d'Alexander, puis celui d'Élisabeth qui eut un mouvement de surprise. Elle observa l'entaille, puis le regarda, lui, visiblement ignorante de ce qui allait se passer mais confiante. Alors, dans ce geste païen qui unissait les couples des Highlands depuis des centaines d'années, il posa son poignet ensanglanté contre celui de son épouse et ses doigts se refermèrent sur son bras fin. Il frémit en sentant Élisabeth en faire de même. Leurs prunelles s'unirent et, la voix rendue rauque par l'émotion, il prononça les paroles elles aussi ancestrales, en gaélique ancien :

— Moi, Alexander MacLeod, par mon sang, je te reconnais toi, Élisabeth MacDonald, comme légitime épouse. Que nos sangs se mélangent, que nos âmes ne fassent qu'une seule et même âme, nos cœurs un seul et même cœur. Je te promets d'être à toi, Élisabeth, pour l'éternité.

Il la regarda ardemment.

— Répète après moi…

Alors, les yeux embués de larmes et la voix légèrement éraillée par l'émotion de l'instant, elle répéta après lui les paroles consacrées.

Les applaudissements éclatèrent. Alexander essuya leurs poignets, puis il prit le visage de Lizzie entre ses paumes et lui fit un chaste baiser, montrant ainsi à tous à quel point il était heureux d'unir sa vie à cette femme exceptionnelle, belle et lumineuse. La veille, Térésa, venue le féliciter en personne et lui souhaiter beaucoup de bonheur, lui avait révélé qu'ils avaient appris à aimer Lizzie et l'appréciaient. Même Angus s'était laissé prendre dans ses filets et ne tarissait pas d'éloges à son propos, la trouvant lui aussi belle et courageuse.

Les sifflets et les paroles grivoises fusèrent, comme dans tout mariage.

Lizzie était visiblement aux anges, bien que légèrement rougissante. « Sa femme », cela lui fit bizarre de penser à elle en ces termes, était un savant mélange de timidité et de bravades qui mettait le feu à son corps. Elle était ingénue, mais s'était laissée aller à ses caresses sans aucune pudeur ni aucune peur, en y prenant un immense plaisir. Ce qui le réjouissait ; il avait de plus en plus hâte de goûter encore à sa féminité et d'être plongé en elle jusqu'à la garde. Il n'avait pas touché une femme depuis plus de deux ans. Une éternité.

Lizzie répondit à son baiser en posant ses mains sur ses épaules et en se hissant sur la pointe des pieds. Il l'attira d'un bras dans son dos et la plaqua contre lui, incapable de quitter ses lèvres.

— J'ai bien peur que nos deux tourtereaux n'attendent pas la nuit tombée ! s'exclama Craig d'une voix forte, avec sa raillerie habituelle.

Les rires s'intensifièrent.

— Maintenant qu'il a une nouvelle femme dans son lit, renchérit Angus, caustique lui aussi, il a hâte d'aller s'y perdre.

— Il n'y a aucun mal à ça ! dit à son tour Ewen, bougon.

Alexander quitta les lèvres de sa femme et regarda ses frères et son oncle.

— Vous n'êtes qu'une bande de jaloux !

— C'est bien vrai ! s'exclama Craig, s'approchant pour lui faire une accolade. Sois heureux, mon frère.

Ils restèrent enlacés un moment, aussi émus l'un que l'autre.

— Merci, Craig !

Pendant qu'il remerciait ses proches, Lizzie, souriante elle aussi, recevait de son côté avec gratitude les vœux de bonheur du clan.

Ensuite, il lui tendit de nouveau la main pour l'entrainer vers leurs trônes, sur lesquels ils s'assirent. Un par un, les membres du clan vinrent s'incliner devant leur nouvelle maîtresse afin de lui jurer fidélité et lui souhaiter beaucoup de bonheur, et enfin devant lui pour le féliciter également en lui souhaitant d'être heureux dans cette nouvelle union. Par moments, il jetait un petit coup d'œil vers sa jeune épouse qui se tenait très droite, les mains croisées sur les cuisses et répondait d'un mot gentil à chacun. Il sourit. Elle était parfaite : son éducation au sein d'un des clans les plus puissants des Highlands la prédestinait à diriger elle-même un clan, et il se félicitait que sa destinée ait placé sur son chemin une telle perle. Quand ce fut fait, il se leva, proposa sa main à sa femme, et tous sortirent pour prendre des rafraîchissements dans la cour pendant que les servantes installaient les tables pour le souper, qui serait un peu moins frugal que d'habitude.

Alexander serra contre lui son épouse d'un bras passé en travers de son dos. Il voulait sentir sa chaleur, l'avoir toute à lui, et il luttait pour ne pas prendre ses lèvres toutes les deux secondes tant elles le tentaient.

Quand les tables furent dressées, il entraina sa nouvelle épouse dans la salle commune, et ils s'installèrent en bout de table, aux places d'honneur ; Alexander avait à son côté Craig, puis son oncle, tandis qu'Ewen était assis près de Lizzie. Il boudait. Quand Alexander vit sa femme se pencher vers son jeune frère pour discuter à voix basse, il eut un sourire ; il était heureux qu'elle et ses frères s'entendent bien, mais quoi de plus naturel pour ces deux-là, ils étaient liés par le destin. Lizzie avait sauvé Ewen d'une mort certaine, et son frère avait décidé de la protéger, quitte à encourir son courroux. Tout en discutant avec Craig, il pensa à ses frères : Craig lui posait problème. Il devrait lui imposer une épouse, car il fallait qu'il se marie pour qu'Ewen convole à son tour. Il était plus que temps, mais Craig n'était pas pressé, il aimait trop sa liberté, et aucune femme n'avait su jusque-là le séduire suffisamment pour lui donner envie de se marier. Alexander ne voulait pas l'y forcer. Il avait fait lui-même un mariage d'amour en épousant Maddie, il ne voulait pas que ses frères soient malheureux en ménage, mais s'ils survivaient à cette guerre avec les MacDonald, il n'aurait peut-être pas le choix et finirait par l'y obliger pour consolider leur position dans les Highlands avec une nouvelle alliance ; les alliances se faisaient par des mariages, il en avait toujours été ainsi.

Quant à Ewen, Alexander savait pour qui battait son cœur, mais il n'était pas prêt à lui accorder la main de Katel, il souhaitait une autre union pour lui sans réellement savoir laquelle. Il avait prié son jeune frère d'être patient, mais Ewen trépignait et un jour ces deux-là feraient une bêtise, si ce n'était déjà fait. Si Katel se retrouvait grosse, il n'aurait pas d'autre choix que de les marier. Ewen savait où étaient sa place et son devoir, il lui était fidèle, mais parfois, le cœur faisait faire n'importe quoi, il en savait quelque chose : il venait de lier sa vie à une femme et allait déclencher une guerre pour elle.

Une guerre prévisible, certes, et qui couvait depuis cinq ans, mais le fait était là.

Après avoir dégusté le très bon haggis[3] de ses cuisinières ainsi que les pigeons rôtis, puis les baies arrosées de miel agrémentées de lait de brebis caillé, et bu très raisonnablement, Alexander se pencha pour souffler discrètement à l'oreille de sa femme :

— Que diriez-vous, ma dame, de laisser nos invités et de passer à d'autres formes de réjouissances ?

Le regard lumineux de sa jeune épouse fit s'emballer son cœur.

— J'en serais ravie, mon seigneur.

Visiblement, Lizzie était aussi impatiente que lui de consommer leur union. Jusqu'ici, tout s'était bien passé, et il avait presque oublié que le danger pouvait venir de n'importe où, même de son propre clan. Certaines âmes plus noires que d'autres, ou plus facilement corruptibles, trahissaient. Il avait demandé à ses frères, à Murtag et à Flynn en qui il avait toute confiance d'être vigilants et de surveiller les gardes, mais hélas, ils ne pouvaient pas être partout et les traîtres savaient se dissimuler pour arriver à leurs fins. Ses gens l'aimaient, mais l'appât du gain, tout comme l'amour, faisait trahir. Il ne lui restait plus qu'à prier pour que cela n'arrive pas.

Alexander décida d'oublier ses pensées funestes pour ne se consacrer qu'à sa jeune épouse dont il allait davantage découvrir le corps avec délice dans quelques instants. Il se leva, et Lizzie en fit autant, après lui avoir coulé encore un regard en coin. Dieu qu'il appréciait ce qu'il avait sous les yeux : les joues rosies de son épouse le ravissaient, tout comme sa respiration haletante, son regard enfiévré bien que paraissant légèrement nerveux, sans doute à la perspective de se retrouver seule avec lui.

— Mes amis, commença-t-il d'une voix forte.

Les conversations s'éteignirent peu à peu et les têtes se tournèrent vers lui.

---

[3] Panse de brebis farcie accompagnée traditionnellement de purée de pommes de terre appelées champit tatties.

— Ma très chère épouse et moi-même nous retirons et vous souhaitons une bonne fin de soirée. Profitez tout votre soûl !

— Vous aussi ! répondirent certaines voix, déjà fortement ébrieuses.

S'il n'avait que très légèrement bu, ne voulant en aucun cas être ivre pour sa nuit de noces, certains avaient largement profité des pichets de bière et de whisky mis à disposition.

Alexander se contenta de sourire et entraina Lizzie hors de la pièce sous les vivats et les applaudissements. Sitôt le seuil franchi, n'y tenant plus, il se mit à courir en tirant légèrement sur sa main. Lizzie éclata d'un rire si frais et si rafraîchissant qu'il se retourna pour l'admirer.

— J'ai tellement hâte d'être en vous, ma mie ! gronda-t-il tout contre son oreille après avoir arrêté sa course et l'avoir attirée à lui.

— Et moi, de vous accueillir, mon seigneur…

Il l'embrassa fiévreusement, puis reprit sa main. Ils coururent dans l'escalier, jusqu'à la porte de sa chambre. Il avait donné des ordres pour qu'un petit feu flambe dans l'âtre, pour que des bougies soient allumées, les tapis, les tentures et les courtines du lit changés. Il voulait une nouvelle chambre, comme il souhaitait une nouvelle vie.

Cette nuit, démarrait pour lui, *pour eux deux,* une nouvelle destinée.

Alexander souhaita qu'elle soit plus heureuse que jusqu'alors.

12

Après une course effrénée dans l'escalier, Alexander s'arrêta devant la porte de sa chambre, qu'il ouvrit. Lizzie poussa un petit cri lorsqu'il la prit sous les genoux pour la faire tomber dans ses bras.

— N'ayez pas peur, ma mie, je ne vous veux que du bien…

— Je le sais, mon époux, je n'ai pas peur du tout !

Il l'embrassa dans le cou et elle s'agrippa au sien en gémissant, ravie de tant d'empressement. Alexander était si fougueux, si brûlant, si enflammé, qu'il rendait son propre corps incandescent d'un seul regard. Il referma la porte avec son pied et traversa la pièce jusque vers sa couche. Là, il la reposa au sol, la regarda ardemment.

— Je veux prendre tout mon temps pour vous découvrir, lui dit-il en passant le pouce sur sa joue. Même si je brûle d'envie d'être en vous…

Lizzie ne sut que répondre, elle ne put que le regarder avec la même ferveur, le souffle court. Comme elle ignorait tout de la nuit de noces, elle était résolue à laisser Alexander prendre les rênes comme au bord du loch. Puis elle lui demanderait, cette nuit, ou plus tard, ce qu'elle pourrait faire pour lui être agréable. Elle voulait le rendre heureux pour qu'il ne regrette jamais de l'avoir épousée.

Elle ferma les yeux lorsqu'il posa ses lèvres dans le creux de son cou tout en partant à l'assaut du nœud de sa robe, qu'il eut tôt fait de dénouer. Mais elle les rouvrit lorsqu'il se redressa et fit glisser les manches le long de ses bras, lentement, en effleurant sa peau du bout des doigts. Elle frissonna à son contact et sous le feu de son regard qui, au fil des secondes, devenait fiévreux et passionné. Se retrouvant complètement nue, elle voulut cacher sa poitrine, mais il l'en empêcha en emprisonnant ses poignets.

— Non ! Je veux vous voir, ma mie.

Son souffle accéléra lorsqu'il caressa ses hanches, puis ses seins.

— Vous êtes si belle, si désirable, si… parfaite…

Ses mots qui l'encensaient lui mirent le cœur en fête.

Elle qui avait si peur qu'il regrette sa première femme et ne fasse pas attention à elle vit la pire de ses craintes battre en retraite. Il était beau ainsi soumis à son désir, elle avait tant envie de lui. Quand il effleura son sexe du bout des doigts, comme il l'avait fait la veille, une boule de feu naquit dans son ventre, la faisant gémir.

Il retira ses bottes, passa rapidement son plaid par-dessus sa tête, ôta sa chemise et défit son kilt qui s'échoua à ses pieds. Il lui livra son corps, nu, magnifique. Elle n'avait jamais vu si bel homme. Ses muscles étaient fins, mais puissants, son ventre plat, sa peau hâlée et… ses yeux dérivèrent vers son membre tendu vers elle.

Sa bouche s'assécha.

Elle oublia ses inquiétudes lorsqu'Alexander s'approcha d'elle pour la plaquer contre lui d'un bras exigeant comme il aimait à le faire. Une exigence qui ne la froissa pas, bien au contraire, elle aimait ce qu'elle voyait dans ses prunelles : cette impatience à la posséder et à la revendiquer comme sienne. Elle ne se sentait pas humiliée ou rabaissée au rang de chose, mais protégée, avec l'agréable sensation d'être devenue importante pour lui et dans sa vie. Elle noua les bras autour de sa nuque, se hissa sur la pointe des pieds, se pressa contre lui et l'embrassa. Il se laissa faire, semblant prendre plaisir à ce qu'elle l'embrasse. De doux, leur baiser devint plus passionné, les laissant tous deux à bout de souffle.

— Prenez-moi, Alexander, haleta-t-elle, faites de moi une femme. Votre femme. Je n'en puis plus.

Avec un gémissement rauque, il la prit sous les fesses, repoussa les courtines d'une main impatiente et la coucha sur le drap blanc.

— Vous avez raison, ma mie, nous prendrons notre temps plus tard. Moi aussi, j'ai terriblement envie de vous et ne peux plus attendre.

Lizzie se raidit en sentant le sexe tendu de son époux prêt à entrer dans sa féminité.

— J'irai doucement, je vous le promets, dit-il, comprenant sa réticence.

Il la caressa encore un peu du bout des doigts, sourit :

— Vous êtes prête à me recevoir, Lizzie, votre corps me désire, mais vous, avez-vous envie de moi ? Vraiment envie ?

Lizzie secoua la tête. Bien sûr qu'elle avait envie de lui, à en mourir. Pourquoi lui posait-il ces questions ? Elle avait tellement peur de lui déplaire et de ne pas être à la hauteur que ses yeux se voilèrent de larmes. Ses nerfs étaient tellement tendus qu'elle aurait pu éclater en sanglots.

— Alex… supplia-t-elle, perdue.

Elle s'interrompit quand il la pénétra. Lentement, le temps qu'elle s'habitue à cette sensation nouvelle. Elle retint son souffle. Elle était prête, mais elle ne s'attendait pas à cela. Tout son corps se crispa, et elle intima à Alexander de ne pas bouger, le temps que la douleur s'estompe. Il interrompit alors son mouvement et, tendrement, caressa ses joues.

— Je sais, ma douce, je sais, regardez-moi, détendez-vous… plus vous serez détendue, moins la douleur sera présente, je vous le promets. Je vais bouger, tout doucement, quand vous vous sentirez prête… ensuite, vous verrez, ce sera bon… très bon… meilleur que tout ce que vous avez imaginé…

Lizzie se calma aussitôt tant sa voix la détendait et agissait sur elle comme un charme.

— Souvenez-vous ce que vous avez ressenti au bord du loch, ce sera encore mieux, je vous le promets…

Lizzie acquiesça, et il se mit à bouger en elle, à aller et venir, tout doucement, à coulisser dans son antre qui, petit à petit, l'accepta. Il était gros, mais ses gémissements mirent la fièvre à tout son être. Elle suivit son conseil et se détendit, s'apaisa, jusqu'à… Elle écarquilla les yeux. Elle le sentait… Elle sentait cette boule de feu naître dans son ventre. Elle gémit elle aussi. Cela commençait à être bon… terriblement bon…

Alexander continua ses profonds va-et-vient. Il frappa au fond de son ventre, tout au fond, déclenchant à chaque fois des vagues de plaisir. Visiblement, il se retenait pour ne pas lui faire mal, mais elle ne voulait pas qu'il se retiennent et la ménage, elle n'était pas une pauvre chose fragile.

— Oui, mon seigneur, je suis à vous… rien qu'à vous… encore… encore…

Comme s'il n'avait attendu que sa permission, les coups de boutoir d'Alexander se firent plus acharnés, encore plus profonds, et de plus en plus rapides. Lizzie était incapable de penser à autre chose qu'à ce que son corps de femme réclamait ; elle en voulait plus. Ils gémirent à l'unisson, accrochés l'un à l'autre, soudés dans l'acte d'amour comme ils se promettaient de l'être dans la vie. Plus rien d'autre n'avait d'importance que le plaisir qu'ils se donnaient, dans un merveilleux partage.

Lizzie poussa un long cri lorsque le plaisir la prit au dépourvu, en tremblant intensément. Alexander, au faîte de son propre plaisir, se cambra et, dans un ultime coup de reins, il jouit et libéra sa semence avec une longue plainte de volupté avant de s'écrouler sur elle, la tête dans le creux de son cou. Elle le serra contre son cœur un long moment, jusqu'à ce que leurs souffles reviennent à la normale. Tout en caressant le dos couvert de sueur de son époux, Lizzie souriait dans la faible clarté du petit feu dans l'âtre et des bougies disposées un peu partout qui se consumaient lentement. Alexander venait de faire d'elle une femme, il lui avait fait découvrir le plaisir charnel et elle avait adoré. Lui aussi avait aimé, elle l'avait compris à l'ampleur de sa jouissance. S'ils étaient comblés l'un et l'autre, si leurs étreintes les rendaient heureux, alors peut-être un jour finiraient-ils par s'aimer d'un amour véritable.

Alexander se détacha d'elle et roula sur le côté, puis sur le dos, pour rester là, les yeux ouverts, le souffle encore ardu. Lizzie s'affola face à ses yeux fixes et aux expressions de son visage, qu'elle ne comprit pas.

— Vous êtes déçu, c'est ça ?

Il tourna vers elle son si beau visage, lui sourit en lui caressant la joue.

— C'est vraiment ce que vous croyez ?

— Oui, vous… vous avez encore cet air sombre qui me fait tant de peine. J'espère que…

Il la fit taire d'un doigt sur les lèvres.

— Non, ma douce, je ne suis pas déçu, vous avez été merveilleuse, si merveilleuse que j'ai déjà envie de recommencer. Ce serait plutôt à moi de vous demander pardon, j'ai été rapide, un peu trop à mon goût, ajouta-t-il avec un sourire contrit.

— Comment cela ? Vous avez été parfait !

— J'ai bien peur que non. Laissez-moi récupérer et vous en conviendrez vous-même.

Son sourire s'accentua et se transforma en quelque chose de plus… animal.

— Je n'ai pas fait l'amour depuis plus de deux ans, Lizzie, et je compte bien récupérer le temps perdu. J'ai bien peur de ne pas vous laisser la possibilité de beaucoup dormir cette nuit.

Oh…

— Je suis d'accord, minauda-t-elle, et vous aviez raison.

— À quel propos ? demanda Alexander en glissant une mèche derrière son oreille.

— C'est encore meilleur…

Il la fit basculer sur le dos et se logea au-dessus d'elle.

— Et encore, vous n'avez rien vu ! Ce n'est que le début entre vous et moi…

Elle rit et le laissa l'aimer jusqu'au bout de la nuit. Alexander avait raison, chaque fois fut encore meilleure que la précédente.

13

Lizzie se réveilla, percevant les caresses de son époux sur son épaule, son dos, ses fesses. Elle gémit, alanguie. Alexander ne l'avait laissée dormir que quelques heures, il était insatiable. Si insatiable que tout son corps était douloureux d'avoir été tant aimé. Passée la peur de l'inconnu et de ne pas être à la hauteur, elle avait eu du plaisir. Énormément de plaisir. Alexander l'avait rassurée ; il aimait lui faire l'amour et le lui avait prouvé de bien des manières. Elle n'avait pas été en reste. Elle avait même osé lui demander ce qu'il fallait qu'elle fasse pour lui donner du plaisir. Il avait ri, puis l'avait embrassée passionnément en lui disant que décidément, elle n'était pas une femme comme les autres. Il avait eu beaucoup de satisfaction à lui montrer comment le caresser, ce qu'un homme aimait qu'on lui fasse. Ils avaient laissé le désir monter en eux, encore et encore, puis s'étaient unis de nombreuses fois. Aussi, le corps de son époux n'avait maintenant plus aucun secret pour elle.

Au prix d'un immense effort, elle sortit sa tête de dessous l'oreiller, et surprit le regard d'Alexander sur elle. Ils avaient mis en sûreté le drap blanc témoignant de la consommation de leur union, les bougies étaient depuis longtemps consumées, le feu de l'âtre était éteint, mais la lumière de l'aube filtrant de derrière la tenture occultant la croisée lui permettait de distinguer ses traits ainsi magnifiés par le clair-obscur. Une fois de plus, Lizzie se demanda ce que signifiait ce regard insistant. Parfois, Alexander la laissait perplexe et à d'autres moments, elle avait le sentiment de le comprendre comme si elle l'avait toujours connu.

Il repoussa ses cheveux de son épaule, l'embrassa.

— N'avez-vous pas trop mal, *leannan*[4] ?

---

[4] Chérie.

Lizzie lui retourna un sourire resplendissant. Elle était heureuse, comme jamais elle ne l'avait été de toute sa vie et elle n'en revenait pas d'avoir la chance d'être mariée à un homme comme Alexander MacLeod, un homme si… en vérité, elle n'avait pas de mots. Jeanie n'y connaissait vraiment rien aux hommes, ou alors, elle n'avait pas rencontré les bons. Alexander avait tout ce qu'une femme pouvait désirer, le savoir-faire, la passion, la fougue, et il embrassait divinement.

— J'ai le sentiment qu'une charrette à foin m'est passée sur le corps, mais je crois que je survivrai.

Alexander fronça les sourcils. Avec son caractère enflammé, sans doute ne comprendrait-il pas la raillerie, mais elle avait envie de s'amuser. La nuit qu'ils venaient de partager les avait rapprochés ; ils avaient beaucoup ri, ils s'étaient caressés à n'en plus finir, câlinés, et s'étaient unis dans la passion. Leur bonne entente était totale.

— Une charrette à foin… voyez-vous ça ? répliqua-t-il en mordillant son épaule. C'est bien la première fois que l'on me compare à cet objet somme toute très utile, mais pas très viril ni séduisant !

— Je plaisante ! Votre virilité n'a d'égale que votre fougue, mon seigneur, et j'ai adoré chaque minute de la nuit que nous venons de partager. Je l'ai d'ailleurs trouvée bien trop courte.

Alexander l'attira contre lui et Lizzie logea sa tête dans le creux de son épaule. Il lui caressa les cheveux, y glissa les doigts. Il était si tendre ; elle pourrait ronronner tellement ses mains étaient merveilleuses, en plus de lui avoir donné beaucoup de plaisir.

— Moi aussi, j'ai adoré, *leannan,* et il y en aura beaucoup d'autres, je vous le promets.

— Je l'espère…

Elle ne put s'empêcher d'être triste et inquiète de ce que l'avenir leur réservait.

Les doigts d'Alexander suspendirent leurs caresses.

— Ne pensons pas à demain, ma mie, profitons du moment présent.

Elle secoua la tête, au bord des larmes.

La fatigue sans doute.

— Je ne veux qu'une chose, maintenant, reprit-il après un long moment de silence, la voix grave et solennelle.

Lizzie se redressa. Alexander l'observa intensément, si intensément que son cœur fit une embardée. Elle fut incapable de répondre tant sa gorge était serrée.

Il caressa sa joue tendrement.

— Vous rendre heureuse.

Elle eut l'intime conviction que ce n'était pas ce qu'il voulait lui dire, mais qu'il n'avait pas envie de l'alarmer inutilement.

— Oh… Alexander, gémit Lizzie, émue. Je sais que vous me rendrez heureuse. Vous l'avez fait cette nuit. Quant à moi, mon devoir est maintenant de vous seconder en tout.

Il s'étira.

— C'est prévu ! Ce tantôt, je vous montrerai les livres de comptes. Vous aurez totale liberté en ce qui concerne l'intendance. Vous verrez cela avec Térésa.

— Oh, à ce sujet, mon tendre époux, puis-je prendre Katel à mon service ? J'aurais plaisir à l'avoir près de moi, elle aime les plantes, comme moi, je crois même que son rêve serait de devenir guérisseuse. Je peux vous poser une question ? ajouta-t-elle, un peu fébrile.

Quand elle l'était, elle avait tendance à devenir un vrai moulin à paroles.

— Pourquoi je n'ai pas encore permis à Ewen de l'épouser ? Je pense que vous le savez, ma mie.

— Pour une alliance ?

— Bien sûr, quoi d'autre ? Notre rôle est de pérenniser notre nom. Je ne parle pas d'avoir plus de pouvoir, cela ne m'intéresse pas le moins du monde, mais seulement d'avoir la possibilité de vivre libre et heureux.

— Je comprends, mon époux, et je suis pleinement d'accord avec vous, mais ils s'aiment depuis toujours, insista-t-elle. Si Craig fait un mariage arrangé un jour, peut-être pourriez-vous libérer Ewen de cette contrainte ?

— Je ne sais pas, Lizzie. Tout dépend de la suite des évènements, je suppose.

Il sauta du lit, entreprit de s'habiller d'un vieux kilt et d'une chemise propre qu'il récupéra sur l'un des fauteuils de la chambre. Appuyée sur un coude, Lizzie le regardait, fascinée. Elle était folle de son corps.

Il s'assit sur le lit, mit ses bottes.

— Nous nous verrons en tout début d'après-midi. D'ici là, reposez-vous, vous en avez grand besoin.

Il se pencha, lui fit un baiser sur les lèvres.

— Cette nuit, je vous veux encore toute à moi.

— Je le suis, mon seigneur…

Si la nuit devait être identique à celle qu'ils venaient de partager, Lizzie était d'accord, elle voulait encore faire le plein de jouissance.

— Mais cette fois-ci, je vous laisserai dormir…

Il se releva, se dirigea vers la porte.

— … un peu ! ajouta-t-il en lui faisant une œillade enflammée. Et je suis d'accord pour Katel, évidemment, faites comme vous l'entendez, vous avez toute ma confiance, lança-t-il avant de sortir.

Lizzie sourit aux anges et se laissa tomber sur le dos, les bras en croix. Elle était fourbue, mais incroyablement heureuse : son époux venait de lui dire qu'il avait entière confiance en elle, et sa nuit de noces avait été en tout point une réussite. Elle avait hâte que la matinée passe pour retrouver son époux. Mais quelque chose la chagrinait : que voulait dire ce regard soucieux qu'il avait eu quelques minutes plus tôt ? Il paraissait si distant parfois, si… perturbé. Lizzie espéra qu'il n'avait pas trop pensé à sa première femme durant leur union. Elle n'en avait pas eu l'impression, mais comment le savoir. Maddie était tout pour lui, et qu'il n'ait pas touché une autre femme depuis sa mort révélait à quel point il l'aimait et ne désirait personne d'autre. En cela aussi, elle le trouvait différent des autres hommes qui, comme son oncle ou Campbell, considéraient les femmes comme de simples objets de plaisir ou pour avoir un héritier. Cela dit, elle voulait un enfant de son époux, et ce, le plus rapidement possible. Alors, leur union serait parfaite et source d'espoir.

Lizzie dormit deux bonnes heures et se réveilla pleine d'entrain. Comme il lui tardait de remplir son rôle de femme de laird, elle sauta de la couche ; elle voulait tout savoir, tout voir et tout connaître de son nouveau clan pour seconder Alexander du mieux qu'elle pouvait.

Elle fit ses ablutions en se servant de l'eau du broc posé sur une petite console près de la croisée, qu'elle vida dans un récipient de belle poterie et qu'elle découvrit agréablement parfumée. Alexander avait pensé à tout ! C'était un amour ! Des yeux, elle fit le tour de la pièce qu'elle n'avait pas pris le temps de détailler la veille au soir, et encore moins la nuit précédente, tant elle était fascinée par les flammes des bougies se reflétant dans le regard de son amant, lui donnant une lumière intense et sauvage qui l'avait bouleversée et séduite. En passant sur ses parties intimes, elle se souvint des va-et-vient de son mari. Elle ne pensait pas que faire l'amour avec un homme pouvait être si bon, si merveilleux même, mais encore une fois, tout dépendait de l'homme et de ses capacités à être attentif au plaisir d'une femme. Elle se demanda si elle mettrait du temps à être grosse, si sa nature était bien faite ou s'il leur faudrait attendre des mois pour concevoir un enfant. Peut-être pourrait-elle discuter de tous ces mystères féminins avec Térésa ? Elle se sentait proche de l'intendante, comme elle aurait pu l'être d'une mère. Les larmes lui montèrent aux yeux. Elle aurait tant voulu que sa maman soit encore de ce monde pour qu'elle participe à son bonheur et la conseille, mais hélas, la vie en avait décidé autrement. Néanmoins, elle avait l'habitude de se débrouiller seule, elle avait de la ressource et de la volonté : elle réussirait ! Et elle ne voulait penser pour l'instant à rien d'autre qu'à son époux et à son nouveau rôle pour que rien ne vienne entacher son bonheur tout neuf, surtout pas la guerre qui semblait inévitable et à laquelle se préparait le clan.

« À chaque jour suffit sa peine », lui avait dit Alexander.

Elle revêtit l'une de ses chemises qui lui descendit à mi-cuisse, ouvrit la tenture devant la croisée pour laisser entrer les rayons du soleil et resta là un moment, le visage levé vers le ciel dont le bleu azur n'était entaché que de quelques nuages blancs. La journée promettait d'être belle. Elle tira les draps froissés, recouvrit la couche, tapota les oreillers. Elle prit celui d'Alexander et enfouit son nez à l'intérieur. Une étrange émotion la submergea. Elle sourit, rêveuse, et sortit de la pièce pour se rendre dans la chambre qu'elle occupait jusqu'à ce jour, pour revêtir une autre de ses robes. Elle apporta ensuite ses maigres effets personnels dans la chambre de son époux, devenue *leur* chambre, posa ses vêtements sur le dossier d'un fauteuil, son livre sur le chevet et son peigne à cheveux sur la console, près du broc d'eau. Ainsi, elle mettait sa petite touche et apportait une note de féminité dans ce décor résolument masculin.

Son sourire ne l'avait pas quittée quand elle rejoignit les cuisines où régnait déjà une bonne odeur de pain chaud et où s'affairaient des servantes ainsi que Térésa et Katel, qu'elle alla embrasser. Ce n'était sans doute pas le comportement d'une femme de laird, mais Lizzie s'en moquait : elle aimait ces deux femmes qui l'avaient tout de suite acceptée et mise à l'aise, et ne l'avaient jamais considérée comme une ennemie, aussi, elle comptait bien rester amie avec elles. Elle espérait qu'il en était de même pour elles et que sa nouvelle place au sein du clan ne modifierait pas leur comportement.

— Alexander est d'accord pour que tu sois à mon service, dit-elle aussitôt à Katel. Mais tu sais ce que j'aimerais ?

— Non, ma dame, dites-moi…

Son beau regard bleu était déjà empli d'étoiles.

— Que tu apprennes les plantes qui soignent. Nous aurions bien besoin de notre propre guérisseuse. Cela me rassurerait grandement si un jour j'ai la chance de mettre un enfant au monde, car l'accoucheuse est à plusieurs heures de cheval. Qu'en dis-tu ?

— J'en dis que vous êtes un cadeau du ciel, ma dame ! s'écria Katel. J'accepte ! Avec joie.

Elle se tourna vers Térésa qui les observait, les larmes aux yeux, tout en s'essuyant les mains dans le torchon qui pendait à sa ceinture.

Katel alla lui sauter dans les bras.

— C'est mon rêve depuis toujours de devenir guérisseuse… mon Dieu… j'ai l'impression de rêver…

Elle éclata en sanglots et Térésa la berça en retournant à Lizzie un regard reconnaissant. « Merci », lui murmura-t-elle, visiblement émue. Sa petite-fille avait l'opportunité de changer sa condition et de faire ce qu'elle aimait vraiment, c'était pour elle une chance. Il faudrait maintenant s'organiser : elle avait pensé que peut-être Katel pourrait se rendre chez la guérisseuse quelque temps pour apprendre son art et elle pourrait l'y conduire elle-même, sous escorte bien sûr, parce qu'elle doutait qu'Alexander la laisse sortir de la forteresse sans surveillance. Certes, Katel serait loin d'Ewen, mais pour le moment, c'était peut-être ce qu'il y avait de mieux pour tous les deux. Vivre constamment sous les yeux l'un de l'autre sans pouvoir s'aimer devait être une torture de tous les instants ; Katel avait sans arrêt les yeux rouges et lui faisait beaucoup de peine. Quand elle reviendrait, il serait toujours temps d'aviser.

Lizzie refoula avant même qu'elles ne voient le jour ses sombres pensées quant à leur avenir à tous ; il fallait pour le moment aller de l'avant.

Térésa finit par repousser Katel qui essuya ses larmes.

— Que puis-je faire pour vous en attendant, ma dame ? demanda-t-elle.

— J'aimerais que tu t'occupes de mes robes qui sont dans la chambre du laird.

— Si vous me trouvez du tissu, je pourrais même vous en confectionner d'autres, ou prendre dans celles de dame Helen pour les mettre à votre taille.

— Oh oui… c'est une excellente idée. Je demanderai la permission à mon époux, mais je pense qu'il n'y verra aucun inconvénient. Va prendre les plus jolies, et nous regarderons ensemble ce qu'il convient de faire.

— J'y vais tout de suite !

Elle ôta le tablier qui ceignait sa taille et s'enfuit, le sourire aux lèvres.

— Vous venez de faire une heureuse, ma dame.

— J'en suis ravie moi aussi. J'aimerais que vous soyez tous aussi heureux que je le suis.

— Nous l'étions, avant que les MacDonald ne viennent tout gâcher.

Elle n'avait pas exprimé le fond de sa pensée méchamment, mais le cœur de Lizzie se serra.

— Je sais…

— Pardonnez-moi, ma dame, je radote, se hâta de dire l'intendante, comprenant sa bévue. Ce n'est pas votre faute, je pensais tout haut, voilà tout. J'espère qu'un jour, nous redeviendrons aussi heureux que nous l'étions.

Lizzie lui prit la main et la serra.

— Nous le serons, ma bonne Térésa, je m'y emploierai, je vous le promets.

— Bien ! Je suppose que vous voulez maintenant régenter la maison à votre guise ?

— Pas le moins du monde. Je vous laisse faire comme vous l'entendez !

— Vous êtes sûre ?

— Certaine ! La maison est très bien tenue, et je ne veux rien changer, continuez comme vous le faites, c'est parfait. Nous pourrons en revanche discuter ensemble des réserves à renouveler et des nouveaux achats, mais j'ai bien peur que…

Lizzie n'alla pas au bout de sa pensée.

Les jours qui venaient étaient trop incertains pour qu'elles se permettent d'acheter quoi que ce soit ; ils feraient avec ce qu'ils avaient.

— En attendant, pouvez-vous m'apprendre à faire votre si bonne tourte aux poireaux ?

— Avec joie !

Térésa lui tendit un tablier propre et elles passèrent une bonne partie de la matinée à cuisiner les tourtes qu'elles proposeraient pour la collation du milieu de journée, assorties d'oignons et de pains frais que les hommes prendraient dans la pièce commune au hasard de leurs disponibilités. La plupart du temps, ils passaient en coup de vent chaparder un morceau de pain et un oignon et retournaient à leurs occupations. Ils ne se retrouvaient qu'au soir, et encore, pas tous. Il n'y avait que la famille du laird et ses proches qui siégeaient à la grande table, les palefreniers et les servantes soupaient dans les cuisines.

Quand elle eut fini, Lizzie prit une pomme et sortit dans la cour, avec dans l'idée d'aller ensuite faire le tour des jardins puis de cueillir des fleurs pour égayer les pièces de la maison. Elle prit place sur le rebord de l'auge et contempla les hommes s'entrainer, le sourire aux lèvres. Deux jours plus tôt, elle était à cette même place avec le projet de s'échapper, mais à présent, tout était différent, sa vie avait pris un tour inattendu et pour rien au monde elle ne partirait d'ici, ni ne quitterait Alexander qui avait en un temps record pris possession de son désir et – elle osa se l'avouer – était en passe de prendre le chemin de son cœur.

Quand elle le vit arriver à cheval, suivi de Murtag et Flynn, son cœur bondit.

Il sauta de sa monture avant même qu'elle soit arrêtée et, avisant Lizzie, il se dirigea vers elle. Son épée battait son mollet à chacune de ses grandes enjambées. La jeune femme se mit debout, mais l'expression de son visage l'empêcha d'émettre le moindre son.

Qu'avait-il, bon sang ?

Il fondit sur elle et elle comprit immédiatement de quoi il en retournait. Et ce n'était pas pour lui déplaire. Loin de là ! Il lui prit la main et elle le suivit sur le côté de la demeure, jusqu'à une porte qu'il ouvrit, pour ensuite les faire longer au pas de charge un couloir, puis entrer dans une autre pièce : le cellier. Dont il referma la porte derrière eux. Le cœur de Lizzie frappait tellement fort dans sa poitrine quand il l'attira à lui et prit ses lèvres avec une autorité qui la fit chavirer.

— J'ai envie de vous. Maintenant !

Ces mots mirent aussitôt le feu à son entrejambe. Les heures qu'ils avaient passées loin l'un de l'autre et le manque de son époux avaient exacerbé ses sens, aussi elle le laissa la guider quand il la fit se retourner, se pencher en avant pour qu'elle prenne appui sur les sacs de grains, et lui souleva sa robe. Après quelques caresses qui la firent mourir d'impatience, il remonta son kilt et la pénétra d'un coup de reins, grondant de contentement. Il empauma ses seins, mordit le haut de son épaule et lui fit l'amour si passionnément que son plaisir, fulgurant, la fit crier. Il s'enfonça en elle encore plus passionnément, plusieurs fois, et la fit jouir. Fort. Tellement fort qu'elle eut l'impression de tomber dans un gouffre sans fond. Sa jouissance déclencha celle d'Alexander qui jouit à son tour, tout aussi violemment. Elle sentit sa semence se déverser tout au fond de son ventre et le frisson d'extase qui la parcourut, différent de tous ceux qu'elle avait eus la nuit passée, fut si intense qu'elle vacilla. Alexander la serra aussitôt très fortement contre lui, et ils restèrent ainsi de longues minutes, lui, les bras autour d'elle, les lèvres où il l'avait mordue, elle, les mains sur ses avant-bras auxquels elle s'accrochait, jusqu'à ce que sa verge sorte de son corps et que leurs souffles retrouvent leur calme. Et même alors, Alexander ne la lâcha pas. Il continua à la tenir contre lui, puis il lui fit un baiser dans le cou et prit un peu de recul.

Lizzie se retourna.

La fureur avait quitté les yeux de son époux qui paraissait maintenant apaisé.

Il prit sa main, en baisa les doigts.

— Merci pour tout ce plaisir, ma douce. Je ne pouvais penser à rien d'autre sur le chemin du retour tellement j'avais envie de vous.

— J'ai vu ! C'était… différent de la nuit dernière. Pourquoi ?

Ils avaient décidé de tout se dire et de ne pas avoir de secret l'un pour l'autre. En outre, Alexander faisait son éducation en matière des choses de l'amour, et Lizzie voulait tout savoir. Elle aimait comprendre, ce qui l'avait fait éclater de rire plus d'une fois quand elle lui avait posé des questions parfois déstabilisantes.

— Je ne sais pas, j'avais besoin que ce soit fort. Voyez-vous, Maddie était de petite constitution, je la ménageais. Mais d'après ce que j'ai constaté hier, vous aussi vous appréciez que ce soit intense. Je dois avouer que cela me plaît beaucoup de pouvoir être moi-même et que nous semblions partager les mêmes envies.

— Je suis heureuse que vous me parliez de Maddie, répondit Lizzie, la voix enrouée. Et très heureuse que ce que vous vivez avec moi soit différent de ce que vous avez connu avec elle.

Alexander glissa une main contre sa joue, tendrement, et Lizzie ne put s'empêcher de rechercher son contact en appuyant son visage sur sa paume.

— C'est le cas, lui dit-il en la dévisageant intensément. Vous me rendez infiniment heureux. C'était merveilleux. Et différent pour moi aussi, même si j'en ignore les raisons.

Il ouvrit la bouche, la referma.

Lizzie glissa ses bras autour du corps de son époux et posa sa tête sur son torse. Elle avait beaucoup de mal à reprendre ses esprits après ce tourbillon des sens, mais l'état de nerfs de son époux l'inquiétait.

— Vous pouvez tout me dire, Alexander. Mon rôle est de vous soutenir.

— Je sais, répondit-il en lui embrassant le haut de la tête.

Pour la première fois depuis leur rencontre, elle le sentit hésitant.

Que lui cachait-il ?

Il lui avait fait l'amour passionnément et il y prenait visiblement du plaisir, mais… quelque chose le chagrinait et elle voulait savoir de quoi il retournait.

Lizzie releva la tête et plongea dans les magnifiques yeux émeraude de son époux.

— Avez-vous des problèmes avec les préparatifs de nos défenses ?

Il lui embrassa le bout du nez.

— Non, tout va bien de ce côté-là ! Et vous, qu'avez-vous fait ? demanda-t-il, manifestement pour faire dévier la conversation.

Lizzie lui fit un sourire radieux. Elle voulait qu'il oublie ses tracas un moment, du moins pendant qu'il partageait son temps avec elle.

— J'ai joué à la maîtresse de maison et j'ai fait des tourtes aux poireaux !

Alexander la serra contre lui.

— Vous n'êtes pas que jolie, alors, damoiselle, vous savez également cuisiner ?

— Absolument pas ! s'amusa-t-elle. J'ai demandé à Térésa de m'apprendre, justement. J'espère que vous ne trouverez pas ma tourte trop mauvaise.

— Elle sera délicieuse, j'en suis sûr, tout comme vous, ma mie…

Il posa doucement ses lèvres sur les siennes.

— D'ailleurs, je meurs de faim, pas vous ?

— Si ! Vos ardeurs m'ont mise en appétit, mon vaillant époux.

— Je vous propose donc d'aller nous sustenter, de faire le tour des livres de comptes, puis de nous baigner dans le loch pour… assouvir d'autres appétits. Cela vous convient-il ?

— Parfaitement ! Je suis ravie de vous avoir toute à moi à partir de maintenant. Avez-vous pu faire selon vos plans ?

Il la pressa contre son bassin. Il avait de nouveau envie d'elle.

— Oui. Les forgerons avancent bien, je suis satisfait.

— Me direz-vous ce que vous avez prévu ?

— Je…

— Je sais que la guerre n'est pas une histoire de femme, l'interrompit Lizzie face à son hésitation et ses sourcils froncés, mais sachez que je me suis toujours sentie plus à l'aise sur un champ d'entrainement ou la selle d'un cheval que dans une cuisine.

— Vous êtes vraiment particulière, ma mie, vous savez ça ?

Elle pensait entendre de la fierté dans sa voix.

— Et… cela vous plaît ?

— Infiniment !

Il l'embrassa si fougueusement qu'elle oublia instantanément qu'il n'avait pas répondu à sa question, une fois de plus. Mais elle ne désespérait pas d'obtenir des réponses à toutes ses inquiétudes. Lizzie était patiente, elles viendraient en leur temps, et elle savait quand : sur l'oreiller, dans l'intimité de leur chambre, ou quand elle l'aurait entre les cuisses, si tant est qu'elle ait la force de parler dans ces moments-là.

Cela ne l'empêcha pas de sourire et de l'écouter attentivement lorsqu'il lui montra les réserves. Les celliers regorgeaient de victuailles et, comme celui où ils s'étaient aimés si passionnément, de sacs de grains et de tonneaux de vin et de whisky, le tout venant des terres du domaine qui regorgeaient de ressources ; le laird recevant un pourcentage de ce qui poussait ou était produit. Le clan aurait pu être prospère s'ils n'avaient pas été obligés de reconstruire après le passage des troupes de son oncle qui s'étaient comportées comme des vandales en saccageant les cultures et les villages qu'ils avaient traversés pour rentrer chez eux. Elle était rassurée, ils pourraient tenir un siège, du moins… s'il n'était pas trop long.

Quelques minutes plus tard, Alexander s'assit à la table commune, et Lizzie lui servit de sa tourte, faite avec amour. Ce dont elle se gaussa en lui montrant le cœur qu'elle avait dessiné sur la pâte avec la pointe de son couteau pour la différencier des autres. Il en coupa un morceau, le piqua avec son couteau et le porta à sa bouche. Lizzie retint sa respiration. Alexander mâcha un bon moment, sans que la moindre expression vienne trahir ses pensées.

Qu'il pouvait être exaspérant par instants !

Elle tapa du pied, impatiente.

— Alors ? Qu'en pensez-vous ?

— Mmmm… je ne sais pas encore, j'ai du mal à me décider…

— C'est si mauvais que ça ? demanda-t-elle, piquée dans son orgueil.

Il fronça les sourcils et Lizzie en fit de même, attendant son verdict.

— Où est-ce que je dois vomir ? demanda-t-il subitement, en mettant la main sur sa bouche et en roulant des yeux.

Alors ça !

Il n'allait pas s'en sortir comme ça ! Elle avait mis trop de temps et d'amour propre dans cette tourte !

— Comment osez-vous ! Je devrais vous provoquer en duel pour une infamie pareille !

Il avala sa bouchée et éclata de rire devant son air courroucé. Voilà qu'en plus il se payait sa tête ! Elle allait lui envoyer une réplique cinglante quand il prit sa main, l'attira à lui et la fit tomber sur ses genoux. Il glissa son nez contre la peau de son cou, huma ses cheveux, tout en longeant sa cuisse et pressant sa fesse.

— Je plaisante, damoiselle ! Cette tourte est parfaite ! Tout comme vous…

— C'est cela ! Vous avez bien intérêt à vous rattraper, lui répondit-elle en lui renvoyant son regard brûlant.

Il lutina sa gorge, mais s'interrompit en voyant entrer deux de ses hommes. Il la retint par la taille lorsqu'elle voulut sauter de ses genoux. L'un des gardes s'inclina.

— Pardonnez-moi, mon laird, mais nous avons un problème.

— Parle, je t'en prie !

— Une troupe armée a pénétré nos terres, sans doute des MacDonald.

— Cela tombe bien, j'ai un message pour leur chef !

Alexander l'embrassa sur le bout du nez.

— Je suis désolé, *leannan,* je vais devoir vous abandonner.

— Ce n'est que partie remise, mon seigneur, nous irons nous baigner quand vous reviendrez.

— Ne m'attendez pas, je ne rentrerai certainement pas avant la nuit.

— Oh, alors…

Elle se pencha, lui souffla à l'oreille :

— Réveillez-moi, que j'accueille mon beau guerrier comme il se doit…

— Je n'y manquerai pas, damoiselle, lui répondit-il de la même façon, son souffle dans son cou la faisant frissonner. Il me tarde déjà d'être de retour pour retrouver vos bras.

Quand Lizzie, du haut du rempart, regarda Alexander sortir de la forteresse, accompagné d'une petite troupe, elle savait que son cœur ne serait pas apaisé tant que son valeureux époux serait loin d'elle et elle pria pour qu'il revienne vite. Et en vie.

14

Ils mirent plusieurs heures à retrouver la trace des indésirables qu'ils découvrirent au bord d'une rivière, occupés à se reposer et à abreuver leurs montures, sans même mettre des sentinelles. Il s'agissait bien des MacDonald, reconnaissables au tartan vert. Ses hommes ne s'étaient pas trompés. Certains, torses nus, se rafraîchissaient en se jetant des gerbes d'eau sur le dos ; il faisait une chaleur de four.

Étaient-ils donc si sûrs de leur puissance qu'ils ne protégeaient même pas leurs arrières ?

Pensaient-ils avoir affaire à des ignorants ? Ou à des incapables ? Sans doute le MacDonald le croyait-il fini ? Il se mettait le doigt dans l'œil ! Les MacLeod n'étaient pas finis, et ils attendaient leur revanche ! Mais comment l'aurait-il appris, il n'y n'avait pas eu d'intrusions depuis cinq ans.

Trois jours s'étaient écoulés depuis qu'il avait envoyé sa missive à MacDonald, il n'avait pas pu déjà envoyer des hommes. Ceux-ci devaient chercher Lizzie dans toutes les Highlands, ignorant qu'elle était sur ses terres. Néanmoins, la donne avait changé : elle était aujourd'hui son épouse.

Il allait envoyer un message à cette ordure.

Ils descendirent de leurs montures, les attachèrent à des arbres, et approchèrent sans bruit. Les MacDonald étaient une bonne dizaine, eux seulement quatre, mais l'effet de surprise jouerait en leur faveur.

Alexander sortit sa lame de son fourreau et tout en hurlant un « *Hold fast !* [5]» tonitruant, la devise du clan, il se lança sur les gardes ennemis, suivi de près par ses hommes. La surprise fut totale. Une partie seulement sauta sur les épées pour se ruer à leur rencontre en

---

[5] Tenir bon !

poussant des cris de rage ainsi que leur propre devise : *per mare per terras*[6] , tandis que les autres prenaient la fuite. Alexander se détourna juste avant que le premier se jette sur lui et lui passa son épée à travers le corps. Il la retira, et l'autre s'effondra, mort.

— Il nous en faut un vivant ! hurla-t-il, tuant un second d'un coup direct dans la poitrine, ne lui laissant aucune chance de survie.

Il était un peu trop teigneux à son goût pour le garder en vie. Quand il vit les autres tomber sous les lames de ses hommes, il blessa à la jambe l'unique MacDonald encore debout. L'homme posa un genou au sol et leva vers lui un visage terrifié, attendant le coup fatal qui l'arracherait à la vie. Il était tellement certain de se faire couper la tête qu'il se chia dessus.

La puanteur de son froc arriva jusqu'à Alexander, et ses hommes, qui s'étaient rapprochés s'esclaffèrent.

— Les MacDonald sont moins courageux qu'il y a un temps ! Ne sont-ils plus capables de regarder la mort en face quand ils la croisent ? se gaussa Murtag.

Les autres rirent.

Alexander restait impassible. Il rêvait de tous les occire, mais il avait une mission pour celui-ci.

— Tu diras à ton maître que j'ai épousé sa nièce ! ordonna-t-il d'une voix dure. Elle est mienne désormais. S'il la veut, qu'il vienne la chercher lui-même ! Dégage, maintenant !

Ils perdraient peut-être la guerre, qui était inévitable, mais cela ne l'empêchait pas de braver MacDonald pour qu'il s'en étouffe de rage à la pensée que son héritière était à lui.

L'autre se releva, mais sa jambe blessée céda sous lui et il s'écroula face contre terre. Les MacLeod éclatèrent de rire, mais pas un ne lui prêta main-forte : voir souffrir un MacDonald leur faisait trop plaisir ! Leur victime progressa à quatre pattes sur quelques mètres, emportant avec lui sa puanteur. Quand il se sentit sauvé, il

---

[6] Sur la mer et dans les terres !

se remit debout, récupéra son cheval, grimpa sur son dos avec peine, le talonna et s'enfuit à travers champs.

Les hommes d'Alexander creusèrent ensuite un trou, y jetèrent les corps dénudés qu'ils recouvrirent de terre. D'autres clans ne prenaient pas la peine d'enterrer les morts, laissant les corbeaux se repaître des chairs, mais Alexander l'imposait ; ce n'était pas parce que ces hommes étaient des ennemis qu'ils n'avaient pas droit à une sépulture décente. Les MacDonald n'en auraient pas fait de même pour eux, mais ils valaient mieux que ces sauvages.

Les kilts et les plaids alimenteraient les feux de cheminée, les crests[7], les fours des forgerons et entreraient dans la composition de leurs propres armes ; les ghillies[8] serviraient à en fabriquer d'autres pour les enfants. Ils jetèrent les vêtements ainsi que les ghillies liées entre elles par les lacets sur le dos des chevaux, prirent les rênes, puis Alexander remonta sur sa monture et sonna le moment de rentrer. Il lui tardait de retrouver sa jeune épouse. En quelques heures seulement, Lizzie, par sa générosité, ses qualités de cœur, et il fallait bien l'avouer un corps de rêve fait pour la passion amoureuse, lui était devenue précieuse et aussi indispensable que l'air qu'il respirait. Se perdre dans son corps accueillant et la besogner avec force était la chose la plus extraordinaire qu'il lui avait été donné de vivre. Il n'en aurait jamais assez. Il avait dit la vérité, il ne s'était jamais lié à Maddie de cette façon si… enfiévrée. Le corps de son épouse le rendait fou de désir ; *elle* le rendait fou de désir, elle tout entière avec sa beauté sauvage et indomptable. Il ne cherchait pas à comparer, Maddie ferait partie de lui et serait dans son cœur jusqu'à son dernier souffle, il ne pouvait renier ce qu'il ressentait pour elle, mais… Lizzie lui plaisait infiniment.

Il remercia le ciel de l'avoir placée sur sa route.

---

[7] Broche retenant le rameau (ici un rameau de bruyère) où est inscrite la devise du clan.

[8] Chaussures basses en peaux tannées se laçant autour de la cheville.

Le ciel et… Ewen.

Il saurait s'en souvenir…

Quand il regagna sa chambre et sa couche, il faisait nuit noire et Lizzie était profondément endormie. Elle avait revêtu l'une de ses chemises, certainement pour avoir quelque chose lui appartenant tout contre elle. Dans ses gestes désordonnés, le vêtement était remonté sur sa taille, révélant ses fesses. Des fesses somptueuses, rondes et fermes. Lizzie avait un corps magnifique, fait pour l'amour. Ses seins tenaient parfaitement dans ses paumes et elle était si réceptive à ses caresses et si confiante que leurs pointes se dressaient au moindre effleurement. Comme pour le narguer.

La lumière des bougies se reflétant sur sa peau blanche attirait irrésistiblement son regard.

Il l'observa intensément, le corps et le cœur parcourus d'une étrange sensation que, pour la première fois, il ne refoula pas. Elle était si tranquille, elle semblait si paisible dans son sommeil qu'il n'eut pas le cœur à la réveiller. Il se coucha contre elle, tout contre son corps si chaud, passa un bras autour de sa taille, et ce fut ainsi qu'il s'endormit, le sourire aux lèvres.

15

Un mois passa sans qu'ils aient des nouvelles des MacDonald. Alexander avait raconté à Lizzie le raid punitif ainsi que le message qu'il leur avait fait parvenir. D'autres que lui auraient coupé les têtes et les leur auraient renvoyées dans des sacs de jute, en laissant les corps aux charognards. Alexander, bien qu'élevé dans les Highlands et habitué à la violence, était profondément humain. Il n'aimait pas tuer pour tuer, il tuait pour se défendre et défendre ce qui lui appartenait et lui revenait de droit : ses terres et son clan. Il se battait pour la mémoire de ses ancêtres et pour la confiance que son père avait placée en lui. Il se battrait pour sa famille, et il n'avait pas le choix : c'était tuer ou être tué ! C'était la dure loi des Highlands, où les clans se détruisaient les uns les autres depuis des générations pour toujours plus de richesses et de pouvoir, car qui disait plus de terres disait plus de ressources. Et plus de ressources signifierait pour lui pouvoir enfin accorder à son clan la prospérité qu'il méritait.

Puis, un matin, Lizzie fut prise de nausées. Elle eut tout juste le temps de sortir de la cuisine, où elle aidait comme tous les jours Térésa à la préparation des tourtes, pour aller vomir dans la cour sitôt la porte franchie. Les efforts que cela lui demanda lui coupèrent les jambes. Heureusement, les hommes avaient été réquisitionnés pour renforcer la muraille et personne ne s'entrainait ; son malaise passa inaperçu. Mais il était grand temps d'annoncer à son époux ce qu'elle avait compris depuis quelques jours, avant que le bruit lui revienne aux oreilles ; elle voulait le lui annoncer en personne, et voir sa réaction.

En serait-il heureux ?

Qu'elle attende un enfant ne le torturerait-il pas en le replongeant dans la souffrance qu'il avait ressentie lors de la perte de sa première femme et de son fils ? Alexander lui avait narré tout ce qu'il y avait à savoir sur le sujet puis lui avait fait promettre de ne jamais en reparler. Il voulait oublier, mais souvent, très souvent, ses yeux se perdaient au loin et il semblait anxieux. Était-ce le souvenir de ce qu'il avait perdu qui le hantait encore ou la guerre qui se profilait à l'horizon ? Une guerre dont il ne connaissait ni le début ni la fin, et qui certainement lui mettait les nerfs à vif.

Térésa vint lui frotter le dos, lui donna une pomme. Lizzie se redressa et alla vers l'auge. Elle se rinça la bouche à l'eau de pluie qu'elle contenait, s'assit sur le rebord. Elle était toute frissonnante, alors qu'il faisait extrêmement chaud. Malgré son mal de cœur qui persistait, elle croqua dans la pomme, avec la nette impression qu'il lui fallait se sustenter pour calmer les douleurs de son estomac.

Térésa arbora un magnifique sourire.

Elle croisa son regard.

— Depuis quand le savez-vous ? demanda l'intendante.

Lizzie prit de l'eau dans sa main et s'en mouilla le front, les joues et la gorge. Depuis quelques jours, elle avait chaud en permanence.

— Depuis peu. Pas un mot à mon mari, Térésa, s'il vous plaît. J'ai prévu de le lui dire aujourd'hui. Pensez-vous qu'il en sera heureux ?

— Bien sûr, mon enfant, comment pouvez-vous en douter ? Tous les hommes rêvent d'avoir des fils.

— Et si c'est une fille ?

Son esprit rebelle refaisait surface par moments : l'important était que son bébé naisse en bonne santé et qu'elle n'y laisse pas la vie, comme bon nombre de femmes hélas, dont Maddie. Elle fit une prière silencieuse pour que tout se passe bien. Elle était de nature confiante, mais entre l'attente de l'invasion de leurs terres par les troupes de son oncle, qu'Alexander n'arrêterait pas parce qu'il fallait qu'elles viennent jusqu'ici pour qu'il puisse les anéantir une bonne fois pour toute, et son bébé qui s'annonçait, elle n'avait pas fini de se retourner les sangs.

Oui, Alexander préférerait un fils, évidemment, comme tous les hommes, mais elle était sûre que si c'était une fille qui leur venait, il l'aimerait tout autant. Il n'était pas un homme comme les autres, elle s'en faisait la réflexion chaque jour, et chaque jour elle bénissait le ciel d'être si heureuse.

— Je crois que pour notre maître, l'important est que vous viviez.

— Je le crois aussi, ma bonne Térésa. Ah, le voici !

Elle s'élança et courut se jeter dans les bras de son époux qui les referma sur elle. Elle vit du coin de l'œil les hommes qui accompagnaient Alexander se donner des coups de coude et se moquer gentiment d'eux en les dépassant. S'embrasser devant autrui ne se faisait pas, mais Alexander n'en avait cure. Quand il avait envie de la prendre dans ses bras et de lui montrer son attachement, il le faisait. Il ne lui avait toujours pas dit qu'il l'aimait mais sa flamme et sa passion, plus intenses au fil des jours et sans cesse renouvelées, lui suffisaient. De la même façon, l'amour qu'elle avait pour lui enflait dans son cœur jour après jour, jusqu'à parfois l'étouffer ; il était maintenant tel qu'elle croyait mourir lorsqu'il la quittait le matin ou lorsqu'il lui apparaissait après plusieurs heures de séparation, comme maintenant. Elle ne pouvait alors s'empêcher de courir vers lui et de lui sauter dans les bras. Elle avait également le sentiment que leur attachement et leur belle entente ravivaient l'entrain du clan. L'espoir renaissait, la joie refleurissait, à l'instar de l'humeur du maître des lieux qui semblait heureux. Malgré la menace qui pesait sur eux, les membres du clan passaient leur temps à sourire, à se taper dans le dos, à se congratuler. Les couples se formaient, les jeunes gens se tournaient autour, il flottait dans l'air un doux parfum d'amour.

— J'ai quelque chose de très important à vous avouer, mon tendre époux, dit Lizzie après avoir répondu aux baisers d'Alexander avec passion.

Il eut soudain l'air sérieux.

— Que vous m'aimez ?

— Oui, Alexander MacLeod, je vous aime. Et cette fois-ci, ce n'est pas parce que vous me donnez un plaisir inavouable. Je le pense. Sincèrement…

La première fois qu'elle lui avait crié qu'elle l'aimait, elle était au sommet de la jouissance. Alexander lui avait fait l'amour avec tellement de fièvre et de ferveur qu'elle avait éclaté en sanglots et lui avait avoué qu'elle était amoureuse de lui, dans un élan du cœur qu'elle n'avait pu contenir tant il était immense et faisait vibrer tout son être.

Cette fois-ci, elle le lui dit, les yeux dans les yeux.

Alexander caressa son visage, les yeux brillants. Il était touché et ému, elle le voyait, alors pourquoi ne lui disait-il pas les mots qu'elle désirait entendre de toute son âme ? Pourquoi n'était-il pas encore prêt à lui livrer son cœur ? Elle s'était juré d'être patiente mais elle finissait par douter qu'il ait un jour des sentiments pour elle ; son cœur était sans doute mort ce jour-là, en même temps que sa première femme et son bébé, et sans doute aussi s'était-il promis de ne plus jamais aimer. Car oui, aimer faisait souffrir, Lizzie le découvrait et s'en rendait compte chaque seconde de son existence en ayant peur de perdre l'homme qu'elle aimait.

Elle s'était promis d'être aimante et patiente, pour s'intégrer à sa nouvelle famille et pour que son mariage débute sous les meilleurs auspices. Mais elle commençait peu à peu à comprendre qu'il était question de plus que cela désormais. Alexander avait fini par compter pour elle plus qu'elle n'aurait jamais pu l'imaginer. Comme jamais quelqu'un n'avait compté avant lui. Et elle était terrifiée à l'idée que cette guerre puisse le lui enlever. Elle voyait désormais son avenir à ses côtés, et à ceux du bébé qui grandissait dans son ventre. Elle voulait partager chaque heure du jour et de la nuit avec son mari, elle voulait le cajoler, le câliner, le guérir de son passé douloureux, le soutenir de toutes ses forces. La plupart du temps, elle y parvenait et sa seule présence semblait suffire à l'apaiser. Et il lui semblait même qu'il avait le même effet sur elle, car elle ne s'était jamais sentie autant à sa place qu'auprès de lui, dans ce clan qui lui avait ouvert les bras.

Les paumes autour de son visage, Alexander baisa ses lèvres.

— Merci, *leannan*, j'en suis heureux, et…

La jeune femme attendit la suite, mais comme bien souvent, Alexander ne se livra pas davantage, se contentant de la dévisager intensément comme s'il voulait graver ses traits dans sa mémoire ou cherchait des réponses à des questionnements qu'il se posait encore. Puis il se jeta sur ses lèvres. Si fiévreusement qu'elle en frémit. Il ne lui livrait pas son cœur, mais il la regardait parfois si intensément qu'elle ne savait qu'en penser ; les mots semblaient lui faire peur.

Faisant taire ses regrets qu'il ne lui avoue pas ses sentiments à son encontre, Lizzie enlaça son époux.

— Est-ce qu'une collation au bord du loch vous ferait plaisir, mon seigneur ? proposa-t-elle, usant du « mon seigneur » comme elle le faisait parfois pour le provoquer. Nous pourrions nous baigner et… nous détendre aussi, il fait si beau…

— Je n'ai pas beaucoup de temps, mais j'en ai toujours pour ma charmante femme. Venez me retrouver dans la salle des gardes.

Lizzie acquiesça d'un hochement de tête. Alexander lui embrassa le bout du nez et s'éloigna.

— Encore un peu de tourte ?

Ils étaient au bord de l'eau et Alexander avait mangé de bon appétit, alors que Lizzie s'était contentée d'une seule bouchée ; l'odeur des légumes lui soulevait l'estomac et elle avait le cœur au bord des lèvres.

— Non, merci, je suis repu, lui répondit son époux. Cette tourte était délicieuse, merci. Que vouliez-vous me dire de si important ?

Lizzie échappa à son regard pour contempler le loch. Le soleil, encore chaud en ce début de septembre, se reflétait à la surface, l'obligeant à fermer à demi les paupières. Et maintenant, elle avait une irrésistible envie de dormir.

— Si nous allions nous baigner plutôt ? demanda-t-elle sans tourner la tête, réprimant un bâillement.

Alexander se rapprocha et mit sa main sur son visage pour l'obliger à le regarder.

— Dites-moi ce qui vous tracasse autant, ma douce ?

— Pourquoi pensez-vous que je suis tracassée ?

— Vous n'êtes pas comme d'habitude.

— Je suis seulement fatiguée ! J'ai un époux fougueux et mes nuits sont courtes.

Ils avaient pour habitude de se chamailler gentiment. De leurs affrontements quasi quotidiens naissait la passion et souvent, ils finissaient par s'unir après de puissantes joutes verbales. Lizzie, bien qu'anxieuse à en être malade, ne dérogea pas à la règle.

Il allait être heureux à la perspective d'être de nouveau père, ne cessait-elle de se répéter.

Il l'embrassa dans le cou, lui mordilla le lobe de l'oreille qu'ensuite il suça, tant et si bien qu'elle laissa échapper un gémissement de plaisir.

— C'est parce que vous êtes très attirante, ma douce, murmura-t-il. Je ne peux résister à vos charmes. Ou plus exactement, je n'ai aucune envie de résister.

Il chercha ses lèvres, qu'elle lui abandonna. Sans cesser de l'embrasser, il glissa la main sous sa robe et la poussa doucement à s'allonger. Il caressa sa féminité déjà prête à l'accueillir. Le désir l'envahit, mais avant de le laisser s'épanouir, elle avait quelque chose à dire.

Elle prit son courage à deux mains :

— Alexander ?

— Mmmm ? répondit-il sans cesser de l'embrasser et de la caresser.

Il la pénétra avec ses doigts, la faisant se cambrer et gémir. Elle n'y arriverait jamais si elle se laissait aller au plaisir maintenant, mais c'était trop bon, elle ne voulait pas qu'il arrête. Jamais ! Elle avait envie de lui, envie de faire l'amour. Elle avait tout le temps envie de lui.

Alexander sortit les doigts de sa féminité.

— Venez sur moi.

Sa voix, légèrement éraillée par le désir, la fit frissonner. Elle aimait quand il ordonnait et se montrait faussement impitoyable. Parfois, elle s'amusait à le braver. Leurs corps à corps se muaient alors en luttes et jeux de pouvoir et les rendaient fous et impatients de s'unir. Là, elle n'avait pas envie de lutter, elle voulait sentir la verge d'Alexander en elle. Maintenant. Elle voulait lui appartenir, et elle voulait jouir. Dévorée par la tentation, elle releva aussitôt sa robe et l'enjamba. Elle repoussa le kilt d'Alexander avec fièvre, et alors qu'il maintenait sa verge redressée, elle s'empala, tout doucement, jusqu'à le sentir buter tout au fond de son ventre. Puis ils laissèrent le plaisir les emporter.

— J'attends un enfant, dit Lizzie très calmement, l'air de rien, en faisant des petits cercles sur le ventre de son époux qu'elle avait dénudé au plus fort de leur passion.

Cela faisait plusieurs minutes qu'ils reposaient dans les bras l'un de l'autre, haletants, après avoir joui comme jamais. Lizzie s'était même sentie plus… enfiévrée qu'habituellement, plus réceptive aux caresses de son époux, plus… affamée, et plus exigeante encore.

La main d'Alexander, qui lui caressait les cheveux, s'immobilisa. Lizzie releva la tête pour l'observer. Ils plongèrent dans les yeux l'un de l'autre, se livrant leurs âmes. Et soudain, elle vit une petite larme naître au coin de l'œil d'Alexander, et couler. Elle en fut si touchée que ses lèvres se mirent à trembler.

— Oh… ma mie… murmura-t-il lui aussi visiblement ému.

Il glissa la main sur sa nuque, l'attira à lui pour l'embrasser passionnément en la serrant de toutes ses forces. Les mains sur son torse, Lizzie sentit son cœur battre à tout rompre sous ses doigts, tout comme battait le sien.

— Vous êtes heureux ? demanda-t-elle après qu'il eut quitté ses lèvres.

Un sourire lumineux lui répondit.

— Très ! finit-il par dire. Rien ne pouvait me rendre plus heureux.

Un voile d'anxiété troubla un instant son regard avant qu'il se couche de nouveau sur elle et l'embrasse, encore et encore, ne cessant de lui répéter à quel point elle le rendait heureux, et combien cette nouvelle le comblait de joie et de fierté. Alors, elle comprit : il avait peur pour elle. Il ne cessait d'avoir peur, mais comme tous les hommes, il n'aimait pas regarder ses faiblesses en face et avait trop de fierté pour les énoncer à voix haute. Peut-être pour ne pas leur donner une trop grande réalité et pour se forcer à rester fort en toute circonstance, car s'il faiblissait, que leur resterait-il ?

Ils avaient tous besoin d'un laird déterminé et exempt de doutes.

Il lui avait répété moult fois qu'il fallait se consacrer au moment présent, et le moment présent, c'était leur merveilleuse entente et cette nouvelle petite vie qui avait pris racine en elle.

Ils refirent l'amour passionnément, se baignèrent dans le loch dont l'eau fraîche les ragaillardit, puis Lizzie finit par s'endormir dans les bras que son époux avait refermés sur elle comme un cocon, vaincue par toutes ces émotions.

16

Leur quiétude dura encore un mois, jusqu'à ce qu'un de leurs éclaireurs vienne la faire voler en éclat. Ce fut comme un coup de tonnerre. Lizzie était tellement accaparée par ses tâches quotidiennes, par la gestion du domaine autant que de leurs gens, et par sa grossesse, qu'elle avait fini par oublier que quelque part des hommes rêvaient de lui remettre la main dessus et de détruire le clan devenu le sien.

Dans trois ou quatre jours, les troupes de son oncle seraient à leurs portes, une bonne centaine d'hommes visiblement grossie par ceux du clan Campbell, et uniquement Campbell. L'éclaireur n'avait pas vu d'autres tartans que ceux des deux clans. Alexander espérait que les Kinkaid n'entreraient pas en guerre contre lui, sinon, ils seraient pris en tenaille. Mais rien n'était moins sûr. Avec son ex-beau-père, si sensible à l'appât du gain, tout était possible…

Dès que la nouvelle leur parvint, il envoya Craig à Édimbourg pour parler au roi Jacques. Même si Alexander avait réussi à grossir ses rangs, à relever les murailles, à tendre des pièges et à armer tout le monde, ils ne feraient pas le poids et seul le roi pouvait leur venir en aide et les sauver. Il savait que leur souverain détestait ces guerres entre clans qui décimaient ses sujets, mais les Highlands étaient ainsi. Les lairds étaient incapables de s'entendre, les rivalités étaient légion, et certains clans finissaient par être définitivement rayés de la surface de la Terre. C'était ce qui avait bien failli leur arriver, et ils avaient eu beaucoup de chance.

Alexander doutait qu'ils en aient encore cette fois-ci et son humeur devint lugubre.

Il ne se détendait visiblement que lorsqu'il était dans ses bras. Quelque chose, pourtant, avait changé ; la passion était là, il caressait son ventre tendrement, mais il était en permanence soucieux. Néanmoins, il s'efforçait de garder confiance, de remonter le moral de tout le monde et de ne pas se laisser aller au désespoir, et avec Térésa elle l'y aidait du mieux qu'elle pouvait. Avec l'accord de l'intendante, Katel avait été envoyée chez la guérisseuse pour apprendre son art, et il avait été décidé que les femmes et les enfants iraient se réfugier dans les souterrains, guidés par Angus et Térésa.

Les hommes en âge de se battre garderaient la forteresse.

Il leur faudrait tenir le siège jusqu'à la date qu'Alexander et Craig avaient arrêtée, à charge pour ce dernier de convaincre le roi d'intervenir dans le conflit à leurs côtés, arguant le fait que Campbell briguait son trône. Alexander espérait que son frère réussirait, c'était leur seul espoir.

Ils étaient prêts.

Lizzie, près de son époux, regardait du haut du rempart l'aube se lever sur la lande les séparant de la forêt, s'attendant à tout moment à voir apparaître les troupes ennemies. Elle imaginait la scène ainsi : les hommes sortiraient des fourrés pour se déployer en une longue ligne menaçante et attendraient les ordres. Certains seraient à cheval, mais la majorité irait à pied.

Lizzie se retourna pour observer ceux de son clan, rassemblés dans la cour intérieure de la forteresse – dont les portes avaient été soigneusement fermées et renforcées –, en tenue de guerre et épée en main, prêts à livrer combat. On entendait une mouche voler. Aucun bruit ne se faisait entendre, sauf parfois celui d'un raclement de gorge. Tout comme son époux, ils portaient un plastron en cuir clouté pour protéger leur buste, un casque et une large ceinture maintenant leur plaid. Alexander avait également fait fabriquer des manchons d'où dépassaient des pointes. Lui-même en portait un au bras gauche ; il servirait à entailler des chairs ou à se planter dans des cous pendant que la main droite tenait l'épée meurtrière. Ils étaient chaussés de guêtres maintenues par les lacets des ghillies.

Son cœur se serra.

L'attente, au fil des heures, deviendrait insoutenable.

Alexander passa un bras autour d'elle et lui embrassa la tempe.

— Il vous faut rejoindre les autres, *leannan*, la pria-t-il en l'attirant à lui.

— J'irai au dernier moment, Alexander. Rien ne presse. Ils ne sont pas encore là.

— Lizzie, nous en avons déjà parlé ! marmonna-t-il entre ses dents.

— Certes ! Mais j'ai décidé de rester auprès de vous, là où est ma place. Je n'ai pas peur.

Un petit sourire étira le coin des lèvres de son époux.

— Pourquoi ne suis-je pas surpris ?

— Peut-être parce que vous commencez à bien me connaître, mon seigneur.

— L'attente risque d'être longue, finit-il par dire après un moment de silence, retrouvant sa gravité et pensant certainement la faire changer d'avis.

— Je le sais ! Mais je ne vous quitterai pas pour autant.

Elle laissa encore son regard errer sur la lande.

— Je ne ferai rien d'imprudent, je vous le promets, je veux juste être là pour soutenir nos hommes et vous soutenir, vous.

— Si vous vous mettez en danger, je vous en préviens, je vous charge sur mon épaule, et je vous porte de force au souterrain.

— Très bien, mon seigneur, nous ferons ainsi, mais en attendant…

Elle se pencha, lui souffla :

— Je vous trouve très beau en guerrier. Et je vous aime. Je vous aime plus que tout.

Elle avait besoin de le lui dire. Un besoin venu du fond de son être. Elle avait tellement peur de le perdre. Lui et toute la vie qu'elle avait fini par construire ici et qui lui apportait tant de bonheur. Elle ne savait si elle réussirait à y survivre si elle devait perdre tout cela.

Il l'embrassa et la serra contre lui sans cesser d'observer la lisière de la forêt avec attention. Lizzie ferma les yeux et se laissa aller contre son époux. Elle respira profondément. Son odeur, qu'elle aimait tant, emplit son être et la réconforta.

Il avait tout prévu. Tous étaient prêts. Selon Alexander, la troupe arriverait dans la matinée. S'ils pouvaient tenir jusqu'au lendemain ils seraient sauvés. Il avait prévu de faire intervenir les archers, puis de faire de brèves attaques, de tuer le plus possible d'ennemis et de venir se retrancher derrière les murs que ses hommes refermeraient sur eux. Il mènerait les combats. Lizzie l'avait vu manier l'épée, il était très doué, vif et rapide, et il semblait infatigable. Elle avait confiance en lui. Tout le monde avait confiance en lui. Il les avait sauvés une fois, il recommencerait.

Oui, il leur faudrait tenir un jour et une nuit. Et chaque heure était une heure de gagnée.

Le temps défila sans que les ennemis apparaissent. Pour comble de malchance, la pluie se mit à tomber, elle détremperait le sol et rendrait les combats difficiles. Lizzie, malgré tout son courage, sentit la rage la gagner. Il avait fait beau jusque-là et il fallait qu'il pleuve… juste maintenant… De qui se moquait-Il, là-haut ? Elle en aurait crié de dépit. La pluie amoindrirait le moral des hommes.

Soudain, un homme déboucha du bois.

Un de leurs hommes. Il allait à bride abattue, couché sur son cheval, une flèche plantée dans le dos.

— Ouvrez les portes ! Vite ! hurla Alexander.

Il courut et dévala l'escalier de pierre pour rejoindre son garde qui, sitôt dans la cour, s'effondra de sa monture. Les hommes l'empêchèrent de tomber lourdement au sol et le portèrent à l'abri où d'autres, habitués à ce genre de blessures, retireraient la flèche et s'occuperaient de lui.

En voyant l'expression du visage d'Alexander quand il remonta vers elle, elle sut que l'homme venait de mourir. Brave homme, il avait eu le courage de venir les prévenir alors qu'il était mortellement blessé.

— Sont-ils nombreux ?

— Oui, Lizzie, ils sont nombreux, soupira Alexander. Plus que nous en tout cas.

Lizzie lui prit la main et tous deux observèrent la forêt, là d'où viendrait le danger. Pour le moment, tout était calme et tranquille, hormis cette petite pluie qui tombait sans presque faire de bruit, mais les rendait transis jusqu'à l'os. Lizzie avait du mal à imaginer que dans quelques heures, la lande en dessous d'eux se transformerait en bourbier et en charnier à ciel ouvert.

— Quand seront-ils sur nous ?

— Il n'a pas eu le temps de le dire. Mais d'ici peu, je suppose.

— Les hommes sont-ils prêts ?

— Autant que faire se peut, *leannan*, lui répondit Alexander, la voix rauque. J'ai confiance en eux, ils se battront jusqu'à leur dernier souffle.

— Je sais…

L'attente la rendait malade.

La perspective des combats qui se dérouleraient sous ses yeux – l'idée même d'aller s'enfermer dans le souterrain lui était intolérable, elle aurait le sentiment d'être enterrée vivante – la rendait malade. Qu'Alexander se mette en danger la rendait malade, qu'il puisse y laisser la vie la rendait malade. Que ces hommes devenus aujourd'hui sa famille se fassent tuer la rendait malade. Pour autant, elle resterait là, et regarderait. Elle souffrirait avec eux. Chaque homme tombé emporterait avec lui un morceau de son cœur, mais elle ne voulait être nulle part ailleurs que sur cette muraille à prier de toute son âme pour une issue favorable.

C'est à cet instant que leur parvinrent les sons des cornemuses.

Ils arrivaient.

Lizzie serra davantage la main de son époux, et ensemble, ils regardèrent les cavaliers sortir du bois et former une ligne avec au centre une haute silhouette très reconnaissable : Campbell ! Son oncle se trouvait à ses côtés. Puis la piétaille s'enfila entre les chevaux et se plaça devant. Ce seraient eux que Campbell et son oncle enverraient en premier, puis les chevaux suivraient. Lizzie se fit la réflexion qu'ils étaient moins nombreux que ce qu'elle avait imaginé, mais effectivement plus nombreux qu'eux et son cœur se serra d'angoisse.

Elle regarda son époux.

Les yeux fixés sur leurs ennemis, il ne cillait pas. Elle vit ses mâchoires se contracter. Sans doute évaluait-il leurs chances de victoire. Elle espérait de tout cœur que Dieu serait avec eux et que les pièges fonctionneraient pour les décimer en partie avant qu'ils n'atteignent la forteresse.

Ils attendirent de longues minutes mais nul cavalier se détacha des troupes ennemies pour solliciter une entrevue.

Ils étaient venus pour se battre et non pour trouver un accord ou pour négocier. Ils voulaient la guerre et la bataille aurait bien lieu.

Alexander tourna la tête et leurs regards s'unirent.

— Je vais devoir vous laisser, *leannan*. Promettez-moi de vous mettre à l'abri si cela venait à mal tourner.

Lizzie promit et se pressa contre lui en retenant ses larmes. Elle avait tellement de choses à lui dire, des choses que peut-être elle s'en voudrait de ne pas lui avoir dites, mais elle avait la gorge trop serrée et la peur lui tordait les entrailles. Elle se recula et, tandis qu'il caressait sa joue, ses prunelles soudées aux siennes, des prunelles dans lesquelles il lui semblait apercevoir tout ce que lui-même ne pouvait lui dire, elle murmura :

— Revenez-moi.

— Je vous le promets.

Il lui tourna soudain le dos et, le cœur douloureux, Lizzie le regarda s'éloigner.

Quelques minutes plus tard, il était sur le dos de son cheval. Là-bas, à l'orée du bois, les ennemis continuaient à se déployer, espérant les intimider par leur nombre.

Alexander se posta face à ses hommes.

— MacLeod, cria-t-il pour que tout le monde puisse l'entendre. L'heure est venue de prendre notre revanche ! Vous tous ici avez perdu un être cher il y a cinq ans et je vous jure qu'aujourd'hui, ces ordures de MacDonald vont le payer !

Les hommes MacLeod levèrent le poing et crièrent, prêts à en découdre.

— Ils ne sont pas seuls, mais ils ne gagneront pas ! Tant que je vivrai, jamais un MacDonald ou un Campbell n'entrera dans cette forteresse ! hurla-t-il en levant haut son épée. Morts aux MacDonald ! s'époumona-t-il, et Lizzie sentit des larmes lui couler sur les joues.

Ses gars répondirent avec la même ferveur, et sans doute leurs cris s'entendirent dans toute la vallée. Lizzie en eut des frissons sur tout le corps.

Elle reporta son attention sur leurs ennemis et son ventre se noua quand elle vit Campbell lever son épée en retour aux cris d'Alexander. Il poussa lui aussi un cri de guerre et ses hommes s'élancèrent, en hurlant comme des démons. Elle retint son souffle : ils approchaient des pièges, dissimulés sous du feuillage, invisibles, meurtriers…

Les premiers tombèrent dedans et s'empalèrent sur les pieux acérés. Des hurlements s'élevèrent aussitôt. Les suivants, poussés par les autres, ne purent les éviter et bientôt, les fossés se remplirent de monceaux de corps. Les blessés hurlaient tandis qu'ils se faisaient passer dessus. Alexander avait laissé un passage entre les fossés, où certains eurent la chance de s'engager.

— Archers… hurla une voix sur la muraille.

Alexander, n'attendant que ce signal, hurla à son tour et les portes de la forteresse s'ouvrirent. Il s'élança, l'épée en avant, en criant un fort « *Hold fast !* », la devise du clan, suivi d'Ewen, puis de leurs hommes. Une volée de flèches atteignit les ennemis, juste avant qu'Alexander arrive sur eux pour terrasser ceux qui restaient. Son épée fendit des chairs, coupa des membres, et il descendit de son cheval pour terminer le combat au sol. Lizzie, les mains serrées sur la poitrine, le cœur au bord de la rupture, essayait de ne pas le perdre de vue. Elle le vit tourner sur lui-même, enfoncer son épée à travers des corps tout en en déchiquetant d'autres avec son gantelet hérissé de pointes. Ewen, à ses côtés, n'était pas en reste et se battait lui aussi avec rage.

Quand Alexander entendit le bruit des sabots, il cria, et tous battirent en retraite. Lizzie vit avec horreur Campbell et son oncle débouler sur la lande, suivis par les autres cavaliers. Ils n'arrêtèrent pas leurs chevaux qui passèrent sur les corps de leurs propres troupes agglutinés dans les fossés, leur permettant de les franchir. Campbell hurla en levant le poing : Alexander avait réussi à remonter à cheval et à se retrancher dans la forteresse avec ses hommes et les ennemis qui les avaient suivis avaient été promptement occis. Les pièges avaient fonctionné et l'attaque d'Alexander avait été une réussite : peu d'ennemis étaient encore debout.

Les survivants remontaient la lande, sans aucun égard pour les autres membres de leur clan tombés sur le champ de bataille. Ils ne récupéraient même pas les blessés, qui mourraient dans les fossés. Campbell ne fit pas différemment. Après avoir hurlé tout son soûl et proféré des menaces, il talonna sa monture et partit rejoindre Georg qui était remonté à l'orée du bois. Là, ils se tournèrent vers la forteresse. S'ils n'avaient pas prévu d'échelles, ils n'en viendraient jamais à bout. Ils venaient de subir leur première défaite, et eux leur première victoire.

Lizzie agrippa sa robe et s'élança vers l'escalier.

Elle avait hâte de serrer son époux contre son cœur, puis elle verrait quoi faire pour se rendre utile.

17

Aussitôt qu'ils le purent, après que Lizzie eut aidé Térésa avec les blessés pendant qu'Alexander organisait la suite des évènements, ils remontèrent sur la muraille pour voir comment les ennemis s'organisaient eux aussi. Ils étaient en train d'installer des tentes, et visiblement, s'apprêtaient à faire un siège. Des charriots les avaient rejoints, leur apportant vivres et armes. Malgré leurs moyens, ils se heurteraient aux hauts murs de la forteresse. Alexander venait de remporter une première bataille, mais il ne fallait pas sous-estimer l'ennemi. Il ne tenterait rien cette nuit, mais d'autres troupes allaient très certainement les rejoindre.

Oui, leur clan venait de remporter une bataille, mais la guerre était loin d'être terminée.

Lizzie et Alexander regagnèrent ensuite leur chambre, où elle lui donna un bain. Elle s'occupa de lui, essayant de lui faire oublier les heures qu'il venait de vivre. Il avait perdu peu d'hommes dans cette première bataille, mais il savait qu'il en perdrait d'autres. Ewen, par chance, n'avait pas été blessé ; pas même une égratignure. Alexander non plus, mais son corps était déjà tout couvert de marques bleues et visiblement, il souffrait même s'il ne se plaignait pas. Quelques grimaces en s'enfonçant dans l'eau chaude lui échappèrent, mais, au fil des minutes, il sembla réussir à se détendre. Les yeux fermés, il la laissa s'occuper de son corps ; il s'endormit même quelques secondes et se réveilla en sursaut.

Il se redressa et se passa les mains sur le visage.

— Diantre ! Je me suis vu dans le fossé, sous tous ces corps.

— Avez-vous des remords ? demanda Lizzie d'une voix douce, voyant ses sourcils froncés.

— Non ! La guerre n'est pas belle, j'y suis habitué, et eux ne feraient pas de quartiers non plus à ma place. Ce qui me chagrine, c'est de ne pouvoir sortir pour donner une sépulture décente à ses pauvres gars. Je doute que votre oncle, et encore moins Campbell, ne s'en charge.

Il sauta du cuvier et, tout ruisselant, la prit contre lui.

— Mais moi, je ne suis pas mort, ma mie, susurra-t-il en l'embrassant dans le cou, la faisant se cambrer et gémir. Et j'ai envie de vous… là, maintenant. Comme jamais…

— Moi aussi, murmura-t-elle en retour. J'ai eu si peur de vous perdre… j'ai envie de vous sentir vivant…

Il l'empoigna sous les fesses et alla la poser sur leur couche. Des ébats passionnés s'ensuivirent, et elle ne put que remercier le ciel d'avoir protégé son époux bien-aimé.

La nuit fut calme. Lizzie réussit à dormir quelques heures, seule, Alexander étant retourné auprès de ses gardes. Il se devait de rester sur le pied de guerre, ce n'était pas le moment de relâcher sa vigilance. Sitôt son réveil, elle s'empressa de regagner la muraille. La pluie avait cessé, et les corbeaux tournoyaient dans le ciel, prêts à se repaître de cette chair humaine que personne n'était venu enlever. Lizzie eut un haut-le-cœur en voyant tous ces cadavres entassés. Heureusement qu'il ne faisait pas chaud ou l'odeur aurait eu tôt fait de devenir insupportable.

Elle sentit un regard sur elle et regarda dans la cour.

Alexander l'observait. Quand leurs prunelles se rencontrèrent, il inclina la tête puis reprit sa discussion avec ses hommes. Lizzie ne savait pas ce qu'il avait prévu pour la suite, elle savait juste qu'il leur fallait gagner du temps pour que Craig vienne les rejoindre avec sa petite troupe et elle l'espérait, l'armée du roi.

Jacques Ier avait-il accepté de les secourir ?

Son beau-frère avait-il réussi à le rallier à leur cause ?

Alexander et elle s'étaient mariés devant Dieu et les hommes, leur mariage était légal.

Campbell n'avait aucune raison légitime de prétendre à quoi que ce soit, Lizzie ne lui ayant pas été promise ; son seul dessein était de s'octroyer les terres des clans les uns après les autres, risquant de mettre les Highlands à feu et à sang, ce que le roi d'Écosse ne pouvait tolérer. Craig mettrait en avant qu'outre le fait qu'il n'avait aucun droit sur elle, Campbell se voulait son égal en criant haut et fort qu'il était apparenté à Robert Bruce[9] qui avait tant lutté contre la domination anglaise. Si Jacques Ier n'y prenait garde, il pouvait devenir une menace et un contre-pouvoir. Mieux valait des clans distincts qui ne s'entendraient jamais qu'un clan unique rassemblant tous les highlanders.

Comme visiblement rien ne se passerait ce matin, Lizzie décida de rejoindre les cuisines pour s'occuper ; l'attente et savoir leurs ennemis campés devant leurs portes lui mettait les nerfs à la torture. Elle mourrait d'envie d'aller voir Alexander pour qu'il la rassure, mais elle ne ferait que le déranger. « La guerre n'est pas une histoire de femmes ! », lui avait-il encore dit la veille au soir. Elle lui avait dit sa façon de penser : peut-être que la guerre n'était pas une histoire de femmes, mais elles la subissaient de plein fouet, aussi, elle était bien décidée à lutter, à défendre leur clan et à prendre les armes s'il le fallait, ce qu'elle s'était bien gardée de révéler à son époux.

— Ils ont réclamé une entrevue ! s'écria Flynn en pénétrant dans la cuisine, visiblement excité. Ça sent la trêve !

Flynn avait l'air radieux, Lizzie l'était un peu moins.

Soudain, un sombre pressentiment rampa sous sa peau, la faisant frissonner.

C'était un piège !

Elle se hâta de sortir, mais ce fut pour voir Alexander franchir les portes avec deux de ses hommes. Dans les rencontres entre les parties, il en était ainsi, chacun des lairds ne pouvait être accompagné que de deux gardes. Alexander avait donc choisi Murtag et Will.

Lizzie grimpa sur la muraille pour voir l'évènement du haut des remparts.

---

[9] Roi des Écossais (1306-1329)

Son cœur se serra et elle eut du mal à respirer en voyant Alexander approcher de Campbell, posté devant les tentes avec lui aussi deux hommes à ses côtés, dont son oncle qu'elle reconnut parfaitement à son embonpoint et sa posture. Que leur voulait Campbell ? Avait-il l'intention de négocier sa défaite ? Ou de proposer une alliance à Alexander en lui offrant de se partager les Highlands ? Tout était possible, les alliances se faisaient aussi rapidement qu'elles éclataient, mais Lizzie ne lui faisait aucunement confiance. Cet homme était le diable.

Alexander sauta de sa monture et s'avança, la main sur la garde de son épée.

D'où elle était, Lizzie crut voir l'éclat d'une lame dans la forêt. Elle étrécit les yeux, espérant mieux distinguer, et il lui sembla que… oui… il y avait des hommes tapis dans les fourrés ! Des hommes certainement prêts à fondre sur Alexander au commandement de Campbell.

Elle ne pouvait rester là à ne rien faire !

Il fallait qu'elle intervienne, qu'elle tente quelque chose…

Elle courut jusque dans la cour, se mit en selle et se dirigea vers les portes. Flynn, n'en croyant pas ses yeux, prit la bride de son cheval avant qu'elle ne les atteigne.

— Où allez-vous comme ça, ma dame ?

— Rejoindre mon époux. Ouvrez-moi les portes !

— Mais… tenta-t-il, semblant désespéré.

— C'est un ordre, Flynn. Tout de suite !

Voyant qu'il hésitait, Lizzie dit encore :

— Je suis la femme du laird ! En l'absence de mon époux, vous me devez obéissance. Ouvrez ! Il en va de la vie de votre laird !

— Alors laissez-moi vous accompagner !

Lizzie ne tergiversa pas et accepta, le temps leur était compté.

Flynn fit un signe de tête aux gardes des portes, qui les ouvrirent devant eux. Lizzie s'élança aussitôt, en priant pour ne pas arriver trop tard. C'était de la pure folie, elle le savait, mais elle devait prévenir Alexander de ce qu'elle avait vu, le mettre en garde en tout cas, et peut-être essayer de gagner du temps.

Elle franchit les fossés par le petit passage qu'Alexander avait prévu à cet effet et qu'il avait matérialisé avec des pierres, en s'efforçant de ne pas regarder en bas tous ces corps où s'étaient déjà agglutinées des nuées de mouches. Elle hurla pour prévenir Alexander du danger qu'il encourait et du traquenard dans lequel il était tombé par la vilenie et la duplicité de ces traîtres qui n'avaient aucune parole ni aucun honneur, quand elle vit des hommes sortir de la forêt et s'approcher pour le prendre à revers, mais elle était trop loin pour qu'il entende sa voix. Elle assista alors, impuissante, à l'assaut. Très rapidement, même s'il avait réagi aussitôt et s'était défendu vaillamment, Alexander fut débordé par le nombre de ses assaillants. Lizzie cria quand elle vit tomber Murtag et Will, mortellement blessés, et quand Alexander mit un genou au sol, lui aussi touché.

Non, non, non !

Elle hurla encore quand elle vit Campbell élever son épée, prêt à le décapiter.

Entendant son cri, Campbell leva les yeux et abaissa lentement son épée, visiblement surpris. Il donna un ordre et soudain, Flynn se raidit sur sa selle, transpercé par une flèche.

Campbell allait-il donner l'ordre de l'abattre elle aussi ?

Elle ne le pensait pas.

Elle lui était nécessaire s'il voulait toujours les terres MacDonald ; à elle d'en obtenir avantage. Ravalant ses larmes de rage, elle tourna la tête et, quand elle vit Flynn tomber au sol, elle serra les dents pour ne pas se laisser envahir par la peine et continua sa chevauchée.

Ces chiens lui paieraient tout ce mal.

Campbell l'attendait, la pointe de son épée au sol. Ce qui importait à Lizzie, c'était qu'il avait renoncé à tuer Alexander. Ce dernier était à genoux, maintenu par des gardes qui lui tiraient les bras en arrière pour qu'il se tienne tranquille. Il tentait bien de se libérer, mais en vain. Lizzie avait le cœur en charpie de le voir ainsi immobilisé et à la merci de ces ordures.

Des soldats se mirent devant elle pour l'empêcher de rejoindre Campbell, mais elle fit cabrer sa monture, leur criant qu'elle n'hésiterait pas à leur réduire la tête en bouillie, et qu'elle voulait parler à leur chef. Ce dernier leur ordonna de la laisser passer. Quand elle arriva vers lui, il avait le sourire aux lèvres. Un sourire cruel. Malgré le bond que fit son cœur dans sa poitrine à la pensée qu'elle était elle aussi en danger, elle ne regrettait pas son geste.

Elle descendit de son cheval et se dirigea droit sur Campbell. Son oncle, aux côtés de cette ordure, avait lui aussi le sourire aux lèvres, et elle comprit qu'il ne lui viendrait pas en aide, quoi qu'il se passe. Son regard croisa celui d'Alexander et il rua pour se dégager des mains qui le retenaient à genoux et courbé vers le sol.

— Lizzie, non ! Je vous interdis d'intervenir ! gronda-t-il.

Elle eut les larmes aux yeux en voyant dans quel état ils avaient mis son visage. L'une de ses arcades sourcilières avait cédé sous les coups et le sang coulait sur sa joue jusque dans son cou. Néanmoins, il avait encore la volonté de défier Campbell, qu'il regardait avec toute la haine dont il était capable. Son oncle rigolait doucement.

— C'est moi que vous voulez, Campbell ! Relâchez-le et j'accepte d'être à vous !

Alexander lui ordonna de se taire en ruant de nouveau, mais Lizzie ferait tout pour tenter de le sauver et de sauver sa tête.

Campbell applaudit :

— Jolie démonstration d'attachement, ma chère ! Mais qu'est-ce qui m'empêche de le tuer et de vous prendre ensuite ici même, sur ce sol boueux ?

Il se dirigea vers elle et, aussi vif que l'éclair, il la saisit à la gorge.

— Sale petite traînée, qui pensez-vous être pour pouvoir me faire du chantage ? lui postillonna-t-il au visage.

Son haleine puait la charogne.

Lizzie retint ses larmes et des gémissements de douleur, les deux mains autour de l'avant-bras qui l'étranglait. Elle n'aurait jamais dû venir si proche, elle savait pourtant à quel point Campbell était dangereux. Elle avait présumé de ses forces et de sa position à négocier. Il le lui ferait regretter. Son oncle ricana encore, visiblement ravi de la tournure des évènements. Non seulement elle n'avait pas sauvé la vie de son époux bien-aimé, mais en plus, elle était maintenant entre les mains de ce porc qui n'allait faire d'elle qu'une bouchée.

Elle gémit lorsqu'il enserra davantage sa gorge.

Des petites lumières dansèrent devant ses yeux. Voyant qu'elle était prête à s'évanouir, Campbell la relâcha subitement. Si subitement qu'elle s'effondra, les jambes coupées. Elle entendit, de loin, Alexander hurler de la laisser tranquille. Mais Campbell était déjà hors d'atteinte, visiblement en proie à une grande fureur. Elle poussa un cri étouffé lorsqu'il lui frappa violemment le ventre avec son pied et remonta les jambes pour protéger son enfant. Elle pria pour qu'Alexander ne relève pas qu'elle attendait un enfant ou Campbell s'acharnerait sur son corps pour qu'elle le perde.

Des larmes envahirent ses yeux.

Elle ne voulait pas perdre son bébé, il était celui de l'homme qu'elle aimait plus que sa vie.

— Chien ! hurla désespérément Alexander. Laisse-la ou je te jure que je te tuerai, après t'avoir fait souffrir et regretter d'être venu au monde !

Lizzie le supplia à son tour d'épargner son époux lorsque Campbell se dirigea vers Alexander.

— T'es jaloux ? Toi aussi t'en veux ? Relevez-le, ordonna-t-il à ses gardes.

Ils obéirent et Campbell frappa Alexander au visage. Puis au ventre. Puis de nouveau au visage. Lizzie sanglotait, impuissante, son âme souffrant de voir ainsi son époux être frappé à mort.

— Arrêtez, vous allez le tuer… Pitié… épargnez-le, ne cessa-t-elle de répéter, en larmes, en voyant la tête d'Alexander projetée en tous sens.

Quel honneur y avait-il à battre un homme qui ne pouvait se défendre ?

Mais Campbell n'avait aucun honneur.

Ce fut à cet instant que le son d'une corne et le bruit de sabots se firent entendre. Surpris, Campbell leva la tête. Il prit vivement son épée et l'éleva devant Alexander pour lui donner le coup fatal lorsqu'une flèche vint se ficher dans sa cuisse. Il se recula, la retira. D'autres, venant se planter entre Alexander et lui, l'obligèrent encore à battre en retraite.

— On se replie ! On emmène la femme ! ordonna-t-il à ses hommes.

Ils laissèrent tomber Alexander qui resta au sol sans plus bouger.

Lizzie tenta de ramper vers lui, mais les hommes de Campbell la soulevèrent et l'emmenèrent avec eux. Elle hurla le nom de son époux, les bras tendus vers lui, terrassée par la souffrance de ne savoir s'il vivait encore. Elle hurla tellement que l'un des gardes lui asséna un coup dans la mâchoire pour la faire taire. À moitié évanouie, elle se rendit vaguement compte qu'on la bâillonnait, lui attachait les mains et les pieds, et qu'on la jetait sur le dos d'un cheval qui partit aussitôt au galop.

Tout devint noir devant ses yeux et elle s'évanouit tout à fait.

Ses dernières pensées furent pour Alexander, son époux bien-aimé, et son bébé. Elle mourrait de chagrin si elle devait perdre l'un ou l'autre.

18

Quand Alexander ouvrit les yeux, Craig était près de lui. Il chercha à se redresser sur sa couche, mais la douleur le terrassa.

— Lizzie… demanda-t-il, la gorge sèche et brûlante. Il faut… il faut que je la retrouve… que je le lui dise…

Craig toucha son front.

— Arrête de t'agiter ou la fièvre va revenir.

— Je n'en ai rien à faire, répliqua-t-il en cherchant encore à se redresser. Où est-elle ?

Voyant qu'il ne pourrait l'en empêcher, Craig le prit sous un bras et l'aida à s'asseoir. Alexander regarda tout autour de lui. Ils étaient sous une tente. La dernière chose dont il se souvenait était d'avoir entendu une corne, puis des chevaux. Et Craig était là, sous ses yeux.

Il avait réussi…

Il lui avait sauvé la vie, comme Lizzie avant lui.

Sa petite furie…

Il prit le gobelet que son frère lui tendit. Le vin, frais et aromatisé, lui fit un bien fou. Il but d'un trait et s'inspecta. Quelqu'un s'était chargé de le laver et de le changer. On l'avait visiblement oint avec une huile médicinale, car il sentait la plante.

Craig tendit la main vers le gobelet.

— Encore ?

— Oui, s'il te plaît… Qui m'a soigné ? demanda-t-il encore après avoir bu une deuxième fois.

— Le médecin personnel du roi, lui révéla Craig. Nous sommes sous l'une de ses tentes. Devant la forteresse MacDonald. Nous les avons suivis jusqu'ici.

Alexander assimila les informations.

Mon Dieu, Lizzie… qu'avaient-ils fait d'elle ?

— J'ai dormi tout le temps du trajet ?

— Oui, tu en avais besoin !

— Combien de temps ?

— Trois jours ! Comment te sens-tu ?

— Ça va ! Où est ma femme ?

— À l'intérieur. Nous les avons pris en chasse, mais ces crapules ont réussi à nous filer entre les doigts.

Alexander se leva et mit la main sur l'épaule de Craig, ému.

— Merci, mon frère. Tu nous as sauvés.

Craig le prit dans ses bras, touché lui aussi.

— Quand j'ai vu Campbell lever son épée, j'ai cru que c'en était fini de toi.

— Comment vont Murtag, Flynn et Will ? demanda-t-il encore, ignorant la dernière remarque de son frère.

Même si ses souvenirs étaient flous, il se souvenait parfaitement de les avoir vus tomber, Murtag et Will sous les coups des épées, Flynn transpercé par une flèche, et il voulait être rassuré sur leur sort.

— Flynn vivra, mais Murtag et Will sont morts. Je suis désolé.

Il éprouva une peine intense. Il les connaissait depuis toujours, ils avaient grandi ensemble.

Il se passa les mains sur le visage.

— Et Ewen ?

— Je l'ai laissé à HelenHall. Tout le monde va bien là-bas.

— Il faut que j'aille chercher ma femme, ajouta-t-il en se dirigeant vers la sortie.

— Tu tiens à peine debout, Alex, tenta de le raisonner son frère.

— Je ne veux pas qu'elle reste une minute de plus avec ces hommes. J'ai peur de ce qu'ils pourraient lui faire.

— Campbell ne peut pas la tuer s'il veut un jour hériter des terres MacDonald.

Non, mais il pourrait la battre à mort, et lui faire beaucoup de mal, pensa-t-il sans l'énoncer de vive voix, ne voulant pas donner une réalité à ses peurs.

Renonçant à lui faire entendre raison, Craig le rejoignit près de l'issue de la tente.

— J'ai ordre de te mener au roi dès que tu serais réveillé. Il t'attend.

— Soit ! capitula-t-il. Allons voir le roi. Il faut que je le remercie lui aussi.

Quand Craig l'introduisit sous la tente du roi Jacques Ier, celui-ci était occupé à se restaurer. Le roi d'Écosse était de bonne corpulence, et aimait la bonne chair, cela se voyait à son teint rougeaud. Ses cheveux noirs, partagés au milieu, encadraient son visage un peu empâté au nez aquilin et aux lèvres fines, et sur sa tête reposait une étroite couronne d'or ornée de pierreries. Ses yeux, légèrement écartés, lui donnaient un air en permanence étonné. Il n'avait guère plus de quarante ans, mais les excès en tout genre l'avaient fait vieillir prématurément. Il était marié à Jeanne Beaufort, une noble anglaise, avec laquelle il avait eu huit enfants.

— Mes chers MacLeod ! Joignez-vous à moi. Vous êtes mes invités.

— Je ne le peux, mon roi, répondit Alexander, de plus en plus impatient. Je dois aller libérer ma femme.

Jacques prit le temps de piquer dans un morceau de viande rôtie avec la pointe de son couteau.

— Comment comptez-vous vous y prendre ? demanda-t-il, la bouche pleine.

— Je ne sais pas encore, je trouverai !

Jacques eut un geste de la main.

— La volonté d'un roi n'est rien face à un cœur amoureux. Allez, mon ami, et sauvez-la ! J'aurai plaisir à faire ensuite sa connaissance. Cette jeune femme doit être exceptionnelle pour que vous risquiez votre vie pour elle.

— Elle l'est, Votre Majesté, et elle porte mon enfant.

— Oh… alors… courez ! Et tuez-moi ce Campbell, que l'on n'en parle plus ! De combien d'hommes avez-vous besoin ?

Alexander fut surpris par la proposition, un roi ne pouvant prendre parti pour un clan ni s'immiscer dans des rivalités intestines ; il n'était intervenu dans le conflit l'opposant aux MacDonald que parce que Campbell était une menace pour son trône.

— Je vous remercie, Sire, mais j'y vais seul !

— Je viens avec toi, intervint Craig. Et ne t'avise pas de refuser. Je couvrirai tes arrières.

— Prenez des hommes avec vous, MacLeod, c'est un ordre ! Si Campbell vous échappe, nous le cueillerons et nous vous le laisserons. Concentrez-vous sur votre femme.

Alexander remercia le roi en s'inclinant puis il sortit de la tente, Craig à ses côtés. Ensemble, ils regardèrent le soleil se coucher sur la forteresse MacDonald qui les narguait avec ses hauts murs d'enceinte. Il avait dormi durant trois jours, et il se demanda, le cœur lourd, ce que leurs ennemis avaient pu faire endurer à sa femme durant tout ce temps.

— Ewen m'a parlé d'une poterne par où Lizzie et lui sont passés, dit soudain Craig après un long moment de silence pendant lequel ils avaient laissé la nuit les envahir.

— Faisons le tour, nous allons bien trouver une issue. S'il le faut, nous remontrons les égouts.

— Tu plaisantes ?

— Non ! Ils ne nous attendront pas par là.

— Ça, c'est sûr ! Mais si ta femme vomit en te voyant, cela risque de nous poser quelques petits problèmes. Au fait, j'ai bien peur que le roi veuille me faire épouser sa plus jeune fille, Annabelle.

— Il t'en a parlé ? demanda Alexander, surpris.

— Non, pas explicitement, mais je crois qu'il veut implanter son influence dans les Highlands en nouant de nouvelles alliances.

— Attendons de voir s'il revient sur le sujet, auquel cas nous réfléchirons à la proposition.

— Il y a quand même un problème.

— Lequel, mon frère ?

— Je ne veux pas me marier ! Même avec une princesse !

Il le reconnaissait bien là !

— En plus, elle a un caractère de cochon !

Il sourit à son frère.

Discuter avec Craig contribua à faire diminuer la boule qui obstruait sa gorge à la pensée de sa femme, seule, avec ces suppôts de Satan. Il pria pour pouvoir la sauver, ainsi que leur enfant. Il ne supporterait pas de les perdre. Et cela n'arriverait pas. Pas cette fois. Il ne laisserait personne lui ravir encore ce qu'il avait de plus cher au monde. Quant à cette alliance avec la famille royale, elle n'était pas pour lui déplaire. Avec des appuis tels que le roi et la cour, plus personne ne leur chercherait des noises. Ce serait une aubaine pour eux ! Craig savait, comme Ewen, où était sa place ; il serait prêt à se sacrifier pour son clan s'il le fallait et s'il l'en priait. Aussi, si l'occasion se présentait véritablement, il saurait le persuader d'accepter cette union.

Le temps lui sembla long jusqu'à ce que la nuit soit noire et il rongea son frein, pressé d'en découdre et de régler ses comptes avec Campbell. Dans quelques heures, si tout se passait comme il le souhaitait, cette infâme ordure serait rayée de la surface de la Terre. Alors, les Highlands ne s'en porteraient que mieux.

Il avait la bénédiction royale, à lui d'en profiter.

19

— Vous ne mangez pas ?

Lizzie leva les yeux de son écuelle pour observer Campbell assis en face d'elle à la grande table de la salle commune.

— Non, je n'ai pas faim.

C'était faux !

Elle était affamée, mais elle ne pouvait rien avaler. Cet homme l'effrayait. C'était un monstre ! Après l'avoir battue et attachée sur son cheval pour chevaucher pendant des heures afin d'échapper aux MacLeod et aux troupes royales, il l'avait balancée dans une charrette trouvée dans un pré et, sitôt arrivés au fort MacDonald, l'avait fait laver par ses servantes et habiller comme une princesse d'une robe dorée avec de la dentelle aux manches, qu'elle avait détestée dans l'instant. Heureusement que son ventre encore plat ne laissait pas suspecter sa grossesse ou Campbell s'en serait certainement pris à elle pour qu'elle perde son enfant.

Lizzie avait demandé à voir Jeanie dès son arrivée à la forteresse de son oncle, mais on lui avait répondu qu'elle était partie. Elle en avait conçu un immense chagrin. Jeanie représentait son enfance ; son enfance envolée pour toujours. Lizzie se rendit compte que malgré la rudesse de sa nourrice, elle l'aimait.

Quel dommage de ne pas l'avoir compris plus tôt… Pourquoi était-il si difficile de dire aux gens qu'on les aimait ? Avait-elle été punie pour l'avoir aidée à s'enfuir ?

Elle n'avait jamais rencontré un homme comme Campbell ! Pensait-il pouvoir l'amadouer avec une belle robe et de bonnes victuailles après l'avoir rouée de coups ? Pour qui la prenait-il ? Elle n'était pas plus à vendre que lors de leur première rencontre ! Elle pensa à Alexander. Pas une seule seconde, depuis qu'elle était revenue à elle, elle n'avait cessé de penser à lui. Elle espérait qu'il avait survécu à ses blessures. Campbell s'était acharné sur lui, mais ne lui avait pas passé son épée en travers du corps et son époux était fort et résistant ; son cœur lui disait que l'homme qu'elle aimait était encore en vie. Elle le sentait. Il était en vie et il ferait tout pour la tirer des griffes de leurs ennemis, elle en était persuadée.

L'arrivée de son oncle interrompit son geôlier qui, justement, ouvrait la bouche pour continuer leur conversation.

— Il ne me semble pas vous avoir convié à partager notre souper, Georg !

Lizzie fut surprise, mais se réjouit intérieurement : manifestement, il y avait quelques animosités entre les deux hommes. Qu'avait bien pu promettre Campbell à son oncle pour qu'il le suive comme un petit chien ? Cela devait être intéressant pour qu'il sacrifie son héritière et le laisse déjà se comporter en maître dans sa forteresse. Elle s'étonna également de ne pas avoir encore vu Alastair.

— Je suis encore ici chez moi que je sache ! rétorqua son oncle, empourpré.

Ah… il se rebiffait enfin…

Campbell se mit debout et extirpa son épée de son fourreau.

— Plus pour longtemps !

— Comment ça ? paniqua son oncle en reculant.

Campbell avança lentement vers lui.

Lizzie vit, à l'expression de ses traits, que ce qu'il aimait et lui procurait du plaisir, c'était de voir la peur dans les yeux de ses victimes ou des personnes sous ses ordres.

— Parce que vous ne me servez plus à rien, Georg…

Lizzie se mit debout, le souffle altéré.

Elle avait peur de comprendre...

Il lui fallait trouver un moyen de fuir ce fou avant qu'il ne s'en prenne à elle.

Campbell fit reculer son oncle jusqu'à l'âtre. Désespéré, ce dernier ne cessait de supplier qu'on ne lui fasse pas de mal. Campbell ricana, puis, au comble de l'horreur, elle le vit lui passer son épée en travers du corps. Les yeux de son oncle s'agrandirent de douleur. Et comme si cela ne suffisait pas, ce traître de Campbell prit son couteau attaché le long de son mollet et le lui plongea dans la gorge jusqu'à la garde.

Puis, il le regarda mourir.

Lizzie ne perdit pas son temps à contempler son oncle rendre l'âme.

Elle contourna la table aussi discrètement que possible. Mais au moment où elle s'élançait et atteignait la porte, Campbell la rattrapa par le bras et la projeta contre la table. La douleur dans son ventre fut aussi soudaine qu'insupportable. Elle suffoqua, pliée en deux, et eut du mal à retrouver son souffle.

Campbell s'approcha d'elle à grands pas.

Elle ne pouvait que le regarder, les yeux écarquillés, comme elle aurait pu observer la mort venir pour l'emmener. La douleur était si intense qu'elle ne pouvait plus respirer. Elle ne put que fondre en larmes et le supplier de ne pas lui faire de mal lorsqu'il prit sa nuque entre ses doigts. Il lui appuya le visage sur la table et remonta sa robe sur ses fesses qu'il frappa violemment.

Un éclair de souffrance traversa son ventre, lui coupant le souffle.

— Tiens-toi tranquille ! gronda-t-il tout contre son oreille. Ou tu souffriras.

Lizzie se tortilla en cherchant à lui échapper. La peur de perdre son bébé s'il s'acharnait sur son corps lui redonnait de la force, mais elle ne durerait pas longtemps.

— Allez au diable ! se rebella-t-elle.

— Je vais certainement te faire un bâtard, mais après tout, qu'importe ! Demain, tu seras à moi, dit-il encore.

Lizzie fut près de rendre tripes et boyaux en le sentant tenter d'immiscer son genou entre ses cuisses pour les lui écarter de force.

Elle se redressa et gronda :

— Je suis déjà mariée, je ne serai jamais à vous !

— C'est ce qu'on verra ! Ne compte pas sur ton cher mari, il doit être mort à l'heure qu'il est !

Lizzie ne voulut pas le croire.

Non, Alexander n'était pas mort. Cela ne se pouvait. Elle savait, dans son cœur, qu'il était encore vivant, elle le sentait, quoi qu'en dise ce demeuré.

— Vous mentez ! Alexander va venir me délivrer !

Campbell se mit à rire comme un dément.

— Quand bien même, il sera trop tard ! Je t'aurai troussée ! Je présenterai des preuves de notre union, je dirai que je t'ai déflorée. Du sang de cochon sur un drap fera l'affaire !

Quel porc !

Lizzie n'avait jamais rencontré un être aussi immonde.

Ils luttèrent l'un contre l'autre pendant de longues secondes. Lizzie ne céda pas, mais ses forces s'amenuisaient.

Alors que Campbell cherchait toujours à lui écarter les cuisses de force, ils entendirent très distinctement des cris, des bruits de cavalcade et de ferraillements dans le couloir. Campbell se redressa, sur le qui-vive. Il s'empara d'un couteau, le plaça sur sa gorge et fit un rempart de son corps au moment où Alexander entra dans la pièce, suivi de près par Craig, leurs épées tachées de sang.

Alexander défia Campbell du regard, fit un pas, gronda :

— Laissez-la, Campbell, à deux contre un, vous êtes fichu !

Son tortionnaire appuya davantage la lame sur sa gorge, lui entaillant la peau.

— N'avancez plus ou je la saigne comme une truie !

Alexander fit preuve de sang-froid, et ricana :

— Pour gâcher toutes vos chances de récupérer les terres MacDonald ? Allons, Campbell, je vous croyais plus intelligent que ça. En vérité, vous n'avez pas plus de cervelle qu'un moineau. Je vous prédis une triste fin. Libérez ma femme, ou il vous en cuira !

— Si vous la voulez, venez donc la chercher vous-même.

Campbell recula en le menaçant avec le couteau.

Lizzie allait finir par tourner de l'œil. Elle sentait du sang couler sur son cou et imbiber la robe qu'elle portait. Oh, ce n'était qu'un filet, mais l'odeur lui portait au cœur. Elle tenta de faire refluer la nausée, mais, n'y tenant plus, ses forces la quittèrent. Ses jambes se dérobèrent sous elle et Campbell, surpris, la poussa brutalement vers l'avant. Se voyant perdu, il s'enfuit à l'autre bout de la pièce, et sauta au-dehors par la croisée.

Alexander se rua sur Lizzie pour la prendre dans ses bras avant qu'elle ne tombe lourdement au sol tandis que Craig, après avoir rangé son épée dans son fourreau, sauta lui aussi à travers l'issue pour prendre en chasse Campbell et l'empêcher de leur échapper.

Éperdue, plus morte que vive et le cœur au bord des lèvres, Lizzie s'accrocha au cou de son époux, terrassée par une violente crise de larmes. Alexander prit un fauteuil, s'assit et l'attira sur ses genoux. Là, il la berça et tenta de la réconforter avec des mots doux. Au bout de longues minutes, Lizzie se calma enfin. Son ventre lui faisait encore mal, mais la douleur s'était un peu estompée.

Les prunelles d'Alexander fouillèrent les siennes, douloureuses.

— Je suis désolé, mon amour, d'avoir mis autant de temps pour venir à vous. Et merci… merci de m'avoir sauvé. C'était imprudent, mais sans votre intervention, Campbell m'aurait tué. Aussi, je vous dois la vie. Vous a-t-il…

Lizzie lui mit un doigt sur les lèvres pour qu'il n'aille pas au fond de sa pensée.

— Non, il ne m'a pas touchée…

Il soupira de soulagement, caressa son visage, embrassa ses lèvres doucement, puis ses paupières, ses joues, et revint à ses lèvres, qu'il baisa après avoir mis ses paumes sur ses joues.

— Si vous saviez comme je vous aime…

Elle crut rêver en entendant enfin les mots tant désirés.

— Vous m'aimez ?

— Oui, Lizzie, je vous aime, murmura-t-il, les yeux brillants. Je vous aime comme un fou. Je vous ai aimé dès le premier jour.

— Pourquoi ne pas me l'avoir dit, alors ? Je croyais… je croyais que vous ne m'aimeriez jamais.

— Pardonnez-moi, *mo ghràidh*[10], je ne suis qu'un imbécile. J'avais peur de reconnaître mes sentiments. Mais la peur de vous perdre a été la plus forte et m'a fait réagir. Je passerai le restant de ma vie à vous le prouver tellement fort que vous ne douterez plus jamais de mon amour.

Lizzie se pelotonna contre son époux.

— Cela me convient parfaitement. Je ne demande rien de plus que d'être auprès de vous et de vous montrer moi aussi à quel point je vous aime.

Il l'embrassa encore partout sur le visage, puis glissa une main sur son ventre.

— Ma petite folle, mon insoumise, mon indocile, souffla-t-il en ponctuant sa peau de petits baisers. Vous vous êtes mise en danger pour moi.

Lizzie prit à son tour le visage d'Alexander entre ses mains. Un visage qu'elle aimait aujourd'hui par-dessus tout. Il était son époux, son seigneur et maître, l'homme à qui elle vouerait sa vie et pour lequel elle serait prête à tous les sacrifices.

— J'irais jusqu'en enfer s'il le fallait pour vous sauver, mon amour, lui dit-elle avec ferveur.

— L'enfer, nous venons d'y échapper.

— Comment avez-vous fait pour entrer ? demanda-t-elle après qu'ils se furent embrassés fiévreusement.

— Le roi m'a donné des hommes et nous sommes passés par la poterne que ces idiots avaient laissée ouverte. Nous les avons pris par surprise et je suis venu à vous dès que j'ai pu. Les autres se battent encore.

Effectivement, des bruits de combats et quelques cris de souffrance se faisaient entendre.

---

[10] Mon amour.

Lizzie posa les yeux sur le corps de son oncle et la tristesse l'envahit. Il avait lui-même choisi son destin en s'acoquinant avec un tyran, mais elle en éprouva tout de même du chagrin ; oncle Georg l'avait recueillie et il avait été bon avec elle avant de vouloir se servir d'elle et de la trahir. Dorénavant, il ne lui ferait plus jamais de mal.

Oui, ils avaient échappé à l'enfer, mais ils en étaient sortis victorieux, même si Campbell leur avait filé entre les doigts.

Bien plus tard, quand tout fut fini, Lizzie et son époux se présentèrent aux gens du clan MacDonald, maintenant *leur* clan à part entière, comme leurs nouveaux maîtres. Tous applaudirent, heureux de la revoir et persuadés qu'ils leur apporteraient le bonheur et la sécurité. Tous les Campbell avaient pris la fuite à la suite de leur maître ou avaient été occis, et Craig s'était lancé, avec une partie de la garde royale, aux trousses de Dougal Campbell qui avait réussi à leur échapper. Fort heureusement, aucun MacLeod ni aucun garde du roi n'avait été tué dans la prise de la forteresse. Ils avaient frôlé la catastrophe, mais tout allait bientôt rentrer dans l'ordre.

En tant qu'unique héritière de son oncle, Lizzie prit les choses en main, et donna des ordres pour que Georg soit enterré séance tenante, et, puisque Campbell leur avait effectivement échappé, pour que l'on monte la garde. Ils envoyèrent également un message au roi qui, malgré l'heure tardive, accepta leur invitation et vint s'installer sous leur toit. Après avoir félicité Alexander sur la chance qu'il avait d'avoir une épouse si belle et si courageuse après qu'ils lui eurent raconté leur histoire, car il voulut tout savoir, il gagna la chambre que Lizzie lui avait octroyée et une servante l'y accompagna.

Lizzie apprit par ses gens que Campbell s'était débarrassé d'Alastair, qui devenait gênant, mais quand ils lui dirent que Jeanie avait elle aussi été sacrifiée pour l'avoir aidée à s'enfuir, elle éclata en sanglots. Son enfance était perdue à tout jamais, mais malgré la peine d'avoir perdu des êtres chers à son cœur, elle était devenue une femme. Une femme qui avait trouvé le bonheur auprès d'un homme merveilleux, et à qui, elle l'espérait, elle donnerait bientôt un enfant en bonne santé. Alors s'il fallait recommencer sa vie, elle la recommencerait et n'y changerait rien, car son malheur et ses souffrances l'avaient conduite à Alexander et à apprécier ce qu'elle avait.

Plus tard, quand ils purent enfin gagner sa chambre de jeune fille, ils firent l'amour, doucement, mais avec passion, et ce fut encore plus beau, encore plus merveilleux que d'habitude. Ils avaient eu peur de se perdre à tout jamais et avaient à cœur de se prouver leur amour et leur attachement qui, ils s'en faisaient le serment, ne faibliraient jamais.

Lizzie se blottit dans les bras d'Alexander, qu'il referma sur elle, avant de caresser son ventre.

— Comment va notre enfant ? s'enquit-il. Je vous ai vu faire plusieurs fois une grimace, vous avez mal ?

Elle ne voulut pas lui mentir.

— J'ai eu mal quand Campbell m'a brutalisée tout à l'heure, mais cela va mieux maintenant. Je suis sûre que notre bébé se porte bien et qu'il viendra au monde en bonne santé. Et moi, j'irai toujours bien si vous promettez de toujours m'aimer.

— Je vous aimerai toute ma vie, *mo ghràidh*, je vous le promets, lui répondit Alexander avec ferveur en lui embrassant le front.

— Dire qu'au début, je vous détestais ! s'amusa Lizzie.

— Moi aussi, je vous ai détestée pour ce que vous me faisiez ressentir. Je me sentais en danger et j'étais transi de peur.

Lizzie souleva la tête et le regarda, un sourire en coin.

— Même les guerriers ont peur parfois ?

Il sourit, lui embrassa le front.

— Les guerriers, je ne sais pas, mais moi, oui. J'ai peur de vous perdre…

Il la regardait avec tellement d'amour que Lizzie sentit son cœur fondre.

Il l'aimait… maintenant, elle était sûre qu'il l'aimait.

— Vous ne me perdrez jamais, parce que jamais je ne vous quitterai ni ne vous laisserai me quitter.

Ils s'embrassèrent et firent le serment de s'aimer toujours.

Pour l'éternité.

Épilogue

Après un mois passé sur les terres MacDonald à tout remettre en ordre, Alexander rentra à HelenHall, accompagné de son épouse et de ceux du clan MacDonald qui le souhaitaient. Le roi, avant de les quitter, avait ratifié par des documents officiels l'héritage de Lizzie qui dorénavant faisait partie de son territoire. Il possédait le plus vaste domaine des Highlands, le plus riche et le plus puissant, et il avait assuré au roi son entière fidélité.

Alexander n'était pas attiré par le pouvoir, il n'avait aucun désir de conquête, il voulait seulement vivre en paix sur les terres de ses ancêtres, avec son clan, sa femme et son enfant à naître. Ce qui lui importait, c'était que la puissance de son clan défie quiconque de s'en prendre à eux, et que ses frères, devenus de meilleurs partis encore, n'aient que l'embarras du choix pour bien se marier. Le roi avait d'ailleurs évoqué avec lui une alliance par l'entremise d'un mariage entre Craig et sa fille, ce dont son frère lui avait déjà fait part et à laquelle il se devait de réfléchir sérieusement.

Campbell lui ayant échappé, Craig était revenu sur leurs terres pour repartir aussitôt lorsqu'il leur vint aux oreilles qu'il avait été vu aux côtés d'un autre MacDonald, Jean II, qui se faisait appeler « Seigneur des îles » parce qu'il était le plus grand possesseur terrien des îles écossaises, notamment de l'île de Skye. Les deux hommes étaient animés par leurs désirs de conquête et visiblement, ils voulaient allier leurs forces pour renverser le roi Jacques et prendre sa place.

Craig était donc parti en guerre à sa place, sans lui laisser le choix, invoquant le fait que de nouvelles responsabilités lui incombaient, que le clan avait besoin de leur laird et qu'il allait bientôt être père. Alors que lui était libre comme l'air. Et, égoïstement, il avait accepté.

Alexander soupçonnait Craig d'avoir d'autres motivations : comme sa future union avec la princesse Annabelle avait été de nouveau évoquée par le roi, il préférait aller se battre plutôt que se marier.

Par son expérience, Alexander était enclin à penser que l'amour était une autre forme de combat. Lui-même avait lutté contre son inclination immédiate pour Lizzie. Il s'était battu avec lui-même, il l'avait faite prisonnière et avait voulu se servir d'elle, pour ensuite renoncer et l'épouser. Leur mariage d'arrangement était devenu un mariage d'amour et ils étaient tombés éperdument amoureux l'un de l'autre ce qui laissait augurer que même si Craig n'était pas attiré par la princesse Annabelle, il pourrait changer d'avis dès qu'ils se connaîtraient mieux. Il mettrait en avant sa propre expérience pour inciter son frère à accepter de se marier.

Oui, tout était parfait !

Et tout était pour le mieux dans le meilleur des mondes.

Le calme était revenu, le ventre de Lizzie poussait, et Alexander n'aimait rien tant que, la nuit, après l'amour et dans la quiétude de leur chambre à coucher, leurs corps amollis de s'être aimés, mettre sa main sur les rondeurs de son épouse et sentir son bébé bouger. Alors, il se sentait le plus heureux des hommes, et il voulait que rien ne change.

Jamais.

Il avait pris pour habitude de consigner par écrit ses mémoires, pour laisser une trace à ses descendants. Il avait entrepris de narrer sa vie ainsi que celle du clan, le raid de Georg MacDonald et ce qui en avait découlé. Quand il avait parlé de sa première femme et de la perte de son premier-né, son cœur s'était serré, mais il s'était rendu compte que le chagrin s'en était allé. Seuls comptaient maintenant sa vie présente, leur avenir, Lizzie et leur enfant qui, jour après jour, grossissait dans le ventre de sa maman. Il mettait également des mots sur ses peurs et il se rendait compte que cela purifiait son âme. Plus le moment de l'accouchement approchait, plus il l'appréhendait et souvent, la nuit, il se réveillait en sueur, avec la peur au ventre que Lizzie meure à son tour. Le laissant seul et malheureux comme les pierres. Cette fois-ci, il n'y survivrait pas. Il l'aimait tellement. Plus que sa vie. Lizzie *était* sa vie, elle était sa raison de vivre et le centre de tout. Tout tournait autour d'elle. Le clan en entier retenait son souffle en attendant les premières douleurs.

Alexander était tellement anxieux qu'il avait fait venir la guérisseuse à la forteresse !

Il ne lui avait pas laissé le choix.

Il était parti la chercher, avec ses gardes, et lui avait tout bonnement donné l'ordre de s'installer chez eux dans une chambre à côté de la leur. Pour qu'elle soit au plus près en cas de besoin. Elle pouvait tout aussi bien continuer la formation de Katel en vivant à la forteresse.

Lizzie avait été attendrie par le geste, et lui était rassuré.

Katel était donc rentrée avec la guérisseuse, mais focalisée sur son art, elle avait fini par rompre avec Ewen, qui en était très malheureux. Il trainait une tête de cent pieds de long, mais cela lui passerait. Les plaies d'amour faisaient souffrir, mais l'on y survivait, Alexander en savait quelque chose, lui qui avait tant pleuré sa femme disparue. Puis l'espoir lui était revenu de pouvoir être de nouveau heureux lorsque sa destinée lui avait envoyé une femme merveilleuse, et pas un seul jour depuis il n'avait regretté d'avoir lié sa vie à la sienne.

Évidemment, il avait fallu faire connaissance. Ils étaient deux natures emportées, mais il y avait tellement d'amour entre eux que rien ne réussissait à les séparer. Et quand c'était le cas, ils réglaient leurs différends au lit, en faisant l'amour comme des bêtes. Alors, leurs disputes fondaient comme neige au soleil et leur semblaient bien futiles en regard de leur passion charnelle sans cesse renouvelée, et ce, malgré la grossesse de Lizzie et son ventre qui s'arrondissait. Bien au contraire, elle était insatiable et il ne l'était pas moins.

Puis, un matin, les douleurs d'enfantement réveillèrent Lizzie. Alexander fit aussitôt appeler la guérisseuse et Katel qui accoururent dans la seconde. Il résista et menaça de leur faire subir mille misères quand elles voulurent le faire sortir de la chambre pour qu'il les laisse faire leur travail.

Comme les guerres n'étaient pas affaire de femmes, les accouchements n'étaient pas l'affaire des hommes, mais comme Alexander était aussi déterminé et obtus que sa femme, il persista à vouloir rester près d'elle, ce que Lizzie, se souvenant de son propre refus de quitter la muraille lors de la bataille contre son oncle et Campbell, lui autorisa. Si et seulement si, il cessait de s'agiter, de poser mille questions et de tourner dans la chambre comme une mouche bousine.

Ce qu'il promit.

Lizzie fut ensuite bien aise de l'avoir auprès d'elle pour la soutenir, lui frotter le dos, l'aider à pousser en la soulevant et lui tenir la main lors de la délivrance. Alexander était peiné de la voir ainsi souffrir sans rien pouvoir faire pour l'apaiser, mais pour rien au monde il n'aurait voulu être ailleurs, même s'il était toujours effrayé que quelque chose se passe mal, ce qu'il garda sous silence.

Après de longues heures pendant lesquelles il soutint son épouse, il put enfin tenir son enfant dans ses bras et il sut. Il sut que ce petit être allait prendre toute la place restante dans son cœur, auprès de sa maman. Ce cœur qui maintenant ne battait que pour eux, les deux amours de sa vie.

Aux dires de la guérisseuse, tout s'était très bien passé et pour un premier, cela avait été plutôt rapide. Ce n'était pas son sentiment, mais après tout, elle savait certainement de quoi elle parlait.

Oui, tout s'était très bien passé et c'était là l'essentiel.

Quand Lizzie fit téter leur fils, pour ensuite s'endormir contre son épaule, il les regarda dormir, son cœur empli d'amour et de gratitude.

Oui, il avait un fils.

Un fils qu'ils appelèrent Malcolm, comme son propre père, et il avait remercié Lizzie de cette touchante attention – c'était elle qui en avait eu l'idée.

Il ne pouvait détacher son regard de ses deux amours qui dormaient tranquillement dans ses bras, et pour la première fois de sa vie, il se sentit entier.

Il ne savait pas de quoi leur avenir serait fait, mais il était sûr d'une chose : Lizzie l'avait guéri de ses démons et lui avait offert le plus beau des cadeaux, en plus de son amour. Elle lui avait donné un fils, faisant de lui le plus heureux des hommes et le plus heureux des pères. Il pouvait maintenant faire face au reste de sa vie.

FIN

Vous avez aimé *L'Insoumise des Highlands - Le Clan MacLeod - 1* ?

♥

Laissez 5 étoiles et un joli commentaire pour motiver d'autres lecteurs !

Vous n'avez pas aimé ?

♠

Écrivez-nous pour nous proposer le scénario que vous rêveriez de lire !

https://cherry-publishing.com/contact

Pour recevoir une nouvelle gratuite et toutes nos parutions, inscrivez-vous à notre Newsletter !

https://mailchi.mp/cherry-publishing/newsletter

Printed by Amazon Italia Logistica S.r.l.
Torrazza Piemonte (TO), Italy

29512597R00117